れんげ荘物語

ネコと昼寝

群ようこ

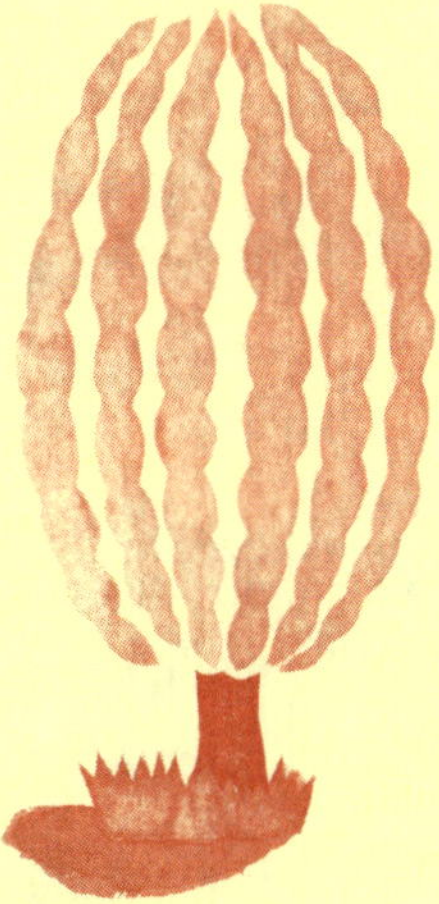

角川春樹事務所

ネコと昼寝

れんげ荘物語

装画　水上多摩江
装幀　藤田知子

1

　がたがたという物音で目が覚めた。音は隣のクマガイさんの部屋から聞こえてきた。キョウコはベッドの中から、光がさしている天井をじっと見つめていた。時間を確認しなくても、室内に入る光の具合で、おおよその時間がわかる。室内にいながら、ほとんどアウトドアのような生活が続いている。五時くらいかなと枕元《まくらもと》のブラウンの小さな目覚まし時計で確認すると、やっぱりそうだった。寒い冬の時期は、音が聞こえてくるのが、一時間ほど遅いのだけれど、暖かくなるにつれて、物音が聞こえてくる時間が早くなってくる。人のことはいえないが、キョウコも目が覚める時間がだんだん早くなってきた。中高年の自分やクマガイさんはいいが、まだまだいくらでも寝られる若いチユキさんは物音が気になっているかもしれない。

「ぐしっ」

　クマガイさんがくしゃみをした。風邪《かぜ》をひいたのかなと思っていると、それ以降、くしゃみが聞こえないので、キョウコはほっとした。

冬場のこのアパートは、修行じゃないかというくらいに寒い。すきま風を防ぐテープを貼《は》ったものの、その程度では収まらず、風の強い日だと、部屋の中でひゅううと音が聞こえるほどだ。ストーブを点《つ》けていてもまだ寒いので、服を着れるだけ着込み、外出をするわけでもないのに、首にマフラーを巻き、下から襲ってくる寒気から逃れるために、一日のほとんどを、ベッドの上で過ごすのは相変わらずだ。昔、人々が短命だったのは、栄養状態もあるけれど、防寒ができなかったからという話を聞いたことがあった。このままだと自分もそうなるのではないかと、キョウコは苦笑した。

不動産屋のおじさんは気を使ってくれて、

「水道管が凍っちゃうといけないからさ」と最低気温が零度を下まわるという予報が出ると、水道管にあれこれ処置をしてくれた。そのおかげか、寒い冬場でもこれまで水はちゃんと出てくれた。しかし風はどうしようもないので、キョウコは極北で生活している人のように、もこもこになって日々を送るしかなかった。そんな日々が続くときの食事は、葛《くず》でまとめた汁物だ。あんかけにすると体が温まるので、豆腐、かぼちゃ、里芋など、中に入る食材は違うけれど、冬になったら同じようなものばかり食べていたような気がする。ふだんはパンを食べることが多いが、冬場は御飯のほうが体が温まると、キョウコは身をもって感じていた。

しかしそんな日ももう終わりになるはずだ。気温も上がってきて、パジャマの下に重ね着していた、長袖《ながそで》のTシャツのうちの一枚が脱げるようになった。次にレギンスを脱ぎ、もう一枚着ている長袖Tシャツが脱げれば、心地よい季節になるのだ。脱皮と同じだ。昆虫は脱皮して成虫となっていくが、

「私はただ歳《とし》を取るだけよね」

キョウコはまた苦笑した。それでも勤めを続けているよりは、今のほうがはるかにましだった。

姪《めい》のレイナからの電話だと、キョウコの兄の家は相変わらず揉《も》めていた。かわいい犬のリリちゃんも、家族のかすがいにはならなかったようだ。レイナは通っていた大学の付属中学から、高校に進級していた。甥《おい》のケイは同居しているキョウコの母の干渉にうんざりして、「うるさいんだよ、ばばあは」といい放って大騒ぎになったが、それ以来、完全に無視しているという。彼はくそばばあの希望を無視して、ずっとサッカーを続け、これまた彼女の「公務員になれ」という命令を無視して、若い男性が起業した、今注目されているメーカーに就職が決まった。彼の両親であるキョウコの兄夫婦は、子供のやりたいようにさせていたのだけれど、母はそれが気に入らない。

「そんな会社、誰も知らないでしょ」

という。義姉《あね》が、

「あら、お義母《かあ》さん、若い人にはとても人気のある会社なんですよ」

と説明すると、顔色一つ変えず、

「若い人なんか、どうでもいいの。ご近所の人たちがわかるような会社じゃないと意味ないじゃないの。どうせすぐにつぶれるんでしょ、若い人が思いつきではじめた会社なんて。そうしたらどうするの。今は再就職は大変なのよ。だから公務員になれっていったのに。おばあちゃんのいうことをきかないから」

といい放ったそうだ。母のぶつぶつは延々と続き、兄一家は全員、リリちゃんまで耳にフタをして知らんぷりをしていた。という報告だった。

「相変わらずね」

キョウコはため息をついた。

「相変わらずじゃないの、それ以上なんだから」

レイナもいやがっている。

「お兄ちゃんも、鬱陶《うっとう》しいから家を出るっていってるの。だからもうすぐ引っ越すと思うよ」

「ふーん、それはいいことね」

「私も早く一人暮らしをしたいな。地方の大学を受験しようかと思ってるんだけど、反対されちゃった」

「お父さんとお母さんに？」

「うん」

「心配なんでしょう。でも高校を卒業して、今まで以上にアルバイトするっていったら、大丈夫じゃない」

「うん、それを期待しているんだ。アルバイトのお金も貯《た》めてるし。でもこれ、内緒にしておいてね」

「わかった」

「また遊びに行くね、じゃあね」

　レイナは相変わらず明るかった。甥や姪も着実に成長しているのだ。

「うーっ、と」

　着替えているキョウコの耳に、クマガイさんの声が聞こえた。これは朝の体操のときに発する声で、元気でいますのサインのようなものだ。チユキさんの部屋からは何の物音も聞こえてこない。キョウコはすでに習慣になってしまった、ラジオのスイッチを入れた。両隣に迷惑にならないよう、ボリュームは極力小さめだ。童謡や唱歌の特集をしているらしく、幼い頃によく耳にした曲がずっと流れている。「春よ来い」「早春賦」を聞いて、今は絶縁まったただなかの母との日を思い出した。

母と幼いキョウコは手をつなぎ、歩いて十分ほどの公園に散歩に行った。公園にはたくさんの梅が植えられていて、梅見の人々が多く訪れていた。公園脇《わき》の甘味屋で二人でぜんざいを食べ、キョウコは公園の茶店に住んでいるネコや、散歩にやってきたイヌと遊んだりした。その帰り道、母が小声で歌ってくれたのが、「春よ来い」や「早春賦」だった。「春よ来い」はともかく、「早春賦」はまるで呪文《じゅもん》のようで意味がわからなかったけれど、この歌好きと思いながら歩いていたのだった。

母とのいい思い出はこれしかない。後は自分を責め続けている表情しか思い浮かばないのだ。あのときの母娘が何十年後かに、こうなってしまうことを、想像すらしていなかった。キョウコはただ母と手をつないで、優しくされて幸せだった。母の望み通りにすれば、親孝行だったのかもしれないが、そうできなかったから今はこうなっている。でもまったく後悔はしていない。

隣室の戸が開き、トイレのドアを閉める音が聞こえ、クマガイさんがトイレに入ったのだとわかった。そのような音が聞こえても、人間として当たり前と、自分が何とも感じなくなっているのは、おばさんになった証拠なのだろうか、それならば若いチユキさんは、すでにおばさん化しているのか、それともそんな些末《さまつ》なことなどに頓着《とんちゃく》しない大物なのだろうかと、しんとしている隣室の中を想像した。

「はくしょい」

隣室の戸の前でクマガイさんのくしゃみが聞こえ、閉まる音がした後、室内でまたくしゃみが聞こえた。

「まるでGPSを装着してるみたい」

機械を使わなくても、ここでは誰がどこにいるかすぐわかると、キョウコはふふっと笑った。作り置きしておいた豚汁と御飯の朝食を食べ、洗濯をしているとラジオから、最寄《もよ》りの沿線で人身事故があり、電車が止まっていると交通情報が入った。これからちょうどラッシュアワーがはじまる頃で大変だなと心配しながら、薄手のニットを押し洗いした。チユキさんの部屋から音が聞こえてきた。

「くちん」

身長一八〇センチとは思えないくらい、かわいいくしゃみの後、勢いよく戸が開き、キョウコの部屋の前を足音が通過して、トイレのドアが閉まる音がした。再びトイレのドアが開くと同時に隣室の戸が開き、

「おはようございます」

とクマガイさんの声が聞こえた。

「あっ、おはようございます」

いつものチユキさんの声だ。

「あなた、シャワー室、使ってる？」

「いいえ、私、いつも銭湯なので」

「ああ、それはいいわ。昔からそうだったけど、最近特にすきま風がひどいような気がして。横からも下からも冷たい風が入ってくるでしょ。水圧も低いしお湯を出すと何だかガス臭いのよ」

「ちょっと怖いですよね」

「そうなのよ」

キョウコも黙っていられず、

「おはようございます」

と戸を開けて首を出した。

「おはようございます」

クマガイさんとチユキさんが、同時に挨拶《あいさつ》をしてくれた。

「私もシャワー室を使うときは、とにかく一分でも早くシャワーを浴びたり、温まりたいときは銭湯に行ったりしていたんですけど。不動産屋さんに相談してみましょうか」

「そうねえ」

クマガイさんは首を傾《かし》げて言葉を続けた。

「アパート自体がこうでしょう。部分的に手を入れてもどうかなって気がするから。万が一、これがきっかけで建て替えってことになったら、どうしようかしら。まあ、あなたはいいけど」

そういわれたチユキさんは、

「いいえ、私も困ります」

と真顔になった。

「私も困ります。どうしようかしら、何もいわないほうがいいのかな」

キョウコも同意した。

「ガスの点検は定期的にしているし、ついこの間の検査でも、問題はなかったみたいだけど」

「設備も古いですからねえ」

「そうなのよねえ」

設備の問題はありつつも、へたに藪《やぶ》をつついてヘビを出すとまずいと、三人の意見は一致して、まあ様子を見ようということで解散した。

キョウコが洗濯物を干していると、コートを着た人々が駅のほうに向かって歩いていく。電車は止まっているけれど、それでも駅には行かなくてはならないのだ。自分もまだ会社に勤めていたら、あわててふだんよりも早めに家を出たのに違いない。すべて干し終わり、次は箒《ほうき》とちりとりで掃除。仕上げに雑巾《ぞうきん》で室内を拭《ふ》きあげていると、ラジオからは昔流行したAORが次々に流れてきて、掃除が捗《はかど》った。しかしその後は、何もすることがない。

一時、途中でやめようかと迷った刺繍《ししゅう》も、チユキさんに励まされて、五〇×九〇センチのタペストリーは完成した。あまりに集中しすぎたので、それ以降は針を持っていない。しかしがんばって縫い上げたタペストリーは、シンプルな部屋のなかで輝いていて、それを見るたびに満足感がわいてくる。それと同時に、うまくいかなかったところに目がいって、何とかすればよかったなあと後悔もするが、最後まで仕上げてよかった。自分がここに引っ越してきてから、はじめて能動的に行動した証《あかし》でもあった。

コーヒーを淹《い》れてひと息ついていると、次々に隣室の戸が開く音が聞こえ、両隣の二人は出かけたようだった。窓から空を見上げた。真っ青な色が広がっている。こんな日に家の中にいるのはもったいないと、キョウコは散歩がてら、おじいさんにナンパされた近所の図書館ではなく、二駅離れた図書館に行くことにした。そろそろカットにいかなくちゃと思いながら髪を梳《と》かし、日焼け止めを塗って粉をはたき、口紅を塗る程度の化粧をして、同じデニムながらいちおう外出用にしているほうに穿《は》き替えた。コートから見える襟元には、明るい澄んだグリーン系のスカーフを巻いた。二十五歳のときに仕事相手の男性社員に、セクハラまがいのことをいわれて腹が立ち、突発的にエルメスに飛び込んで購入したものだった。それから二十数年ちかく経《た》っているが、今もキョウコの首や肩を優しく被《おお》ってくれる。そのときは勢いで高い買い物をしてしまったと、後悔しなかったといえば嘘《うそ》になるけれど、今はそんな思い出もあるものの、買っておいてよかったと納得している。

さあ、出かけようと立ち上がったとたん、廊下から男性二人の声が聞こえてきた。

「ここの人には不審者はいないよ。おれが太鼓判を押すよ」

大きな声で話しているのは、不動産屋のおじさんだ。

「はあ、でもいちおう決められているもので」

もう一人は優しい声だ。

「ああ、うん、そりゃあ、仕方がないな。あんたも仕事だからな。まあ、何かあったら店にいるから寄って。じゃあね」

いったい何かと身構えていると、

「すみませーん」

とさっきの男性の優しい声がして、クマガイさんが住む三号室をノックしている。もちろん誰もいない。次にキョウコの部屋の戸がノックされた。深呼吸をひとつして、

「はい」

とキョウコは返事をした。

「あ、どうも、お忙しいところ申し訳ありません。派出所から来ました。ちょっとお話を聞かせていただいてよろしいですか」

戸を開けるとそこには、台帳を手にした制服姿の若い警官が立っていた。以前、来た人と違うので、新入の警官がこのような業務をやらされるのかもしれない。

「すみません」

彼は敬礼をしながら頭を下げた。

「はい」

コートを着たキョウコの姿を見て、彼は、

「お出かけですか。お時間大丈夫ですか」

と気を使ってくれた。なるたけ威圧感を無くそうとしているのか、腰が妙に引けている。

「いいえ、大丈夫です」

「あ、そうですか、ありがとうございます」

彼はにっこり笑った。こんな善良そうな青年が乱暴者の強盗を捕まえられるのだろうかと、心配にもなった。

「確認なんですが、お名前はササガワキョウコさんで間違いないですか」

「はい」

「ご職業は」

またきたとキョウコはぐっと言葉に詰まった。

「無職です」

「はあ？　あ、ああ、無職ですか……。はー、それは何か理由があるんですか」

彼は素直に疑問を持った目で、キョウコを見た。

「ええ、それはいろいろと」

「あのう、でも生活はどのように……」

「貯金を崩しているんです」

「ああ、貯金をねえ、はああ、そうか、それだったら働かなくてもねえ、うーん、ああ、なるほど」

ひとりごとのように何度もつぶやいた後、彼は、

「ありがとうございました。失礼します」

と敬礼をした。

「ああ、はい、どうもご苦労様」

キョウコは戸を閉めつつ、

「一号室の方も今日はお出かけですよ」

と教えてあげた。

「あ、そうですか。ありがとうございます」

彼はほっとした顔で、敬礼をしながら頭を下げてアパートから出ていった。さすがにコナツさんのいる部屋は、居室に見えないらしく、ノックすらされなかった。一度、鏡で姿をチェックして、キョウコは部屋を出た。きっと彼は、自分みたいなレアケースにあたって、どう対処していいかわからず、深く突っ込まずにさらりと流してしまったのだろう。もしも私が何かを企んでいる人間だったら、どうするのだろうかと、彼のあっさり加減が心配にもなった。

二駅先の図書館には、二度ほど行ったけれど、近くにあるものよりも大きくて、蔵書が充実している。変なおじいさんにナンパされて、そのあげくに勝手に無視されるようになってから、近くの図書館には行きたくなくなってしまった。特に運動をしているわけでもないので、最近は運動不足が気になり、少しでも体を動かそうと、これからはその大きな図書館に行くことにした。静かな住宅地のなかの道を歩いていると、梅や桜の木がある小さな公園がいくつもある。所有者がいなくなって、自治体に寄贈された土地をそのまま、公園として残しているらしい。そこにはベンチが置いてあって、赤ん坊を抱っこした母親が座っていた。

「今日のような日は、外に出たほうが気持ちがいいものね」

キョウコはひとりごとをいいながら、道を歩いていった。しばらく歩かないうちに、住宅地の様子が変わっていた。頭のなかにあった風景よりも、明らかにマンションが多く建っていて、空が抜けた感じが少なくなっている。高齢者用のデイサービスの看板も見かける。以前からあった住宅も、建て替えられてきれいになっている。そんな風景を見ていると、ますますれんげ荘の古さが際立っているのがわかる。れんげ荘と同じ雰囲気の、木造の古そうな家もあるけれど、人が住んでいるのかいないのか、わからないくらいひっそりとしている。更地にするよりもそのままにしておいたほうが税金が安いので、都内には空き家がたくさんあると、ラジオでいっていたのを聞いたが、その類《たぐい》の家なのだろうか。しかしキョウコは新築の、一度では覚えきれない、横文字名のマンションよりも、そういった放置されている古民家というか、廃屋に近い家にそそられるのだった。

「いいな、あの家、二万円くらいで売ってくれないかな」

全財産といってもたいしたものはないが、アパートに置いておくのはちょっと不安なので、キョウコはいつもバッグに通帳や印鑑を入れて持ち歩いていた。歩きながら通帳を取り出して見てみると、当然ながらキョウコの貯金は増えている気配がない。無収入なので当たり前である。通帳を開くと毎月三万円の家賃の支払いと、七万円の生活費の引き出しのみが、ずらっと並んでいる。光熱費等は引き落としではなく、請求書を送ってもらって、それで支払っている

ので、通帳には記載されない。そして年に二回、

「これって何ですか」

と聞きたくなるような金額の、利息がついている。昔、莫大《ばくだい》な預金があって、利子で暮らしている大金持ちの話を聞いたことがあったが、こんな低金利の今では、そのような生活をするとしたら、どれだけ預金があったら可能なのだろうか。キョウコは預金はあるものの、元金がどんどん目減りしている。幸い、生活はこれまでずっと予算内で収めているので、残金は予定どおりにきっちり残っているけれど、これから先、何が起こるかわからない。

「まあ、そのときはそのときだな」

道路沿いの家の木が溜《た》まり場になっているのか、そこでものすごい数の雀《すずめ》がさえずっていた。他の家の庭にも木はいろいろとあるのに、そこだけに集中している。今どき、庭木に雀がきたからといって、追い払う人はいないだろうが、雀のほうとしては、

「ここ、いい！」

とお気に入りになる決め手があるのだろう。チュクチュクジュクジュクという、かわいい雀の声を聞きながら、キョウコはのんびりと歩いていった。散歩中のイヌがすり寄ってきたり、門の陰から顔を出したネコをかまったりしていたものだから、予想よりも大幅に遅れて図書館に着いた。

近所の図書館と同じように、平日の午前中は高齢者が集まっている。陽当《ひあ》たりのいい椅子《いす》に座ったまま、寝ている人もいる。本を手にしていないところを見ると、家に居場所がなくて、眠りに来ているのかもしれない。いや本を借りようとはしたのだが、椅子に座ったとたん、睡魔が襲ってきたのかもしれない。キョウコにはどちらの原因もうなずけた。

910の日本文学の棚を端から見ていった。近所の図書館とは蔵書の数が違うので、棚の多さにも圧倒される。何を借りるわけでもないが、ずらりと並んだ本の背を眺めているだけでもわくわくする。ああ、若い頃、この本を読んだと思い出したりもした。会社にいること自体が辛《つら》くて、母親の具合が悪くなったと嘘をついて、会社から逃げるように帰り、部屋にこもって読んだのだった。

「『野溝七生子《のみぞなおこ》作品集』、懐かしいな」

ずっしりと手に重い本を棚から取り出した。昔、著者が誰だか知らず、実家の最寄り駅にある書店の棚の隅にずっと残っているのが気になって、買ってきたのだった。家を出るときに処分した記憶があるけれど、またしばらくぶりに読みたくなった。それを腕に抱え、棚から目を離さずにゆっくり歩いていると、すれちがった年配の女性が、キョウコの抱えている本をのぞきこんだ。スーパーマーケットで、他人の買い物カゴの中をのぞき込む人がいるが、図書館にもいるらしい。

作品集を借りると、他の本を借りても期間中に読み切る自信がないなあと思いつつ、自分の部屋には本棚がない分、読み直したいと思う本がたくさん目につく。永井荷風《ながいかふう》の『断腸亭日乗《だんちょうていにちじょう》』もそうだ。

「これからこれを一巻ずつ借りるっていう楽しみもあるわね」

こちらは一度に二巻借りても、期間中に十分読み終えそうだった。『蕁麻《いらくさ》の家』というタイトルを見ては、読んだときの胸苦しさを思い出したり、何度も借りられた形跡がある、最近の若い作家の本を手にとったりしてみたが、結局は作品集一冊だけ借りることにした。

貸し出しカウンターでは、高齢の男性が、予約している本がいつになったら自分にまわってくるのか教えろと、図書館の担当者に大声で文句をいっている。

「予約でお待ちの方が多いので」

中年の男性職員が淡々と話すと、

「ここの図書館だけ？　他のところはどうなのよ。どっかにあるんじゃないの」

と声を荒らげた。

「区内に十六ある図書館全体で、この本は九十七冊購入しました。そして現在、区全体で予約待ちの方が、二五三四人いらっしゃるのです」

職員がデータをプリントされた紙を、彼に見せた。

「ええっ、二五〇〇人以上いるのか。じゃあ、おれが生きている間にまわってこないじゃないかあ」

彼の叫び声を聞いて、キョウコの後ろに並んでいた、幼い子を連れた若い母親が、横を向いてぷっと噴きだした。

「いや、そんなことはないと思いますけれど……。とにかくどこも同じような状態なので……」

職員の説明に彼は憤慨して、

「ふんっ、もういいいっ」

とその場を立ち去り、図書館を大股《おおまた》で出て行った。カウンターの他の職員は、隣でそんな騒ぎが起こっても、驚いた表情もみせずに淡々と業務をこなしていた。日常茶飯事の出来事なのかもしれない。

エコバッグに一冊とはいえ、厚さが七センチほどの本を入れて、二駅歩くのはきつい。しばらく歩いてキョウコは気がついた。本を見ているときはテンションが上がっているので、重さはほとんど意識しないけれど、いざ持ち帰るとなると、中年の筋力が衰えた体には応《こた》える。右、次は左と、交互にエコバッグを持つ手を替えながら、アパートまであとひと駅の所までがんばった。

「昼はどうしようかな」

気分としては、すぐに食べられるものを買ってきて、本を読みたかったのだが、預金を崩して生活をしている身なので贅沢《ぜいたく》は厳禁だ。どうしようかと考えつつ歩いていると、高級食材ばかり扱っているスーパーマーケットで、セールの文字が目に付いた。店の中に入るとおいしそうな冷凍のミニピザが、賞味期限が近付いているという理由で、激安になっている。大きなピザは食べきれないし、何より四枚入りで四〇〇円ちょっと、という値段にふらっとして、買ってしまった。オーブンはないけれど、フランパンにアルミホイルを敷いてじっくり焼けば何とかなる。キョウコは店を出てから急に元気が出てきて、アパートまで早足で歩いていった。

アパートの入口には、出かけるときにやってきた、若い警官が台帳を手に、うろうろしていた。まだ何かやっているのかと、キョウコが会釈をして中に入ろうとすると、彼は待ってましたとばかりに、

「あっ、先ほどはありがとうございました」

と声をかけてきた。

「いいえ、ご苦労さまでした」

すると彼は子犬が尻尾《しっぽ》を振るみたいな態度でキョウコの後にくっついてくる。

「あのう、ちょっといいですか」

キョウコは立ち止まるしかなかった。

「何でしょうか」

「あのう、この奥に住んでいる方がいるようなんですが」

「ええ、いらっしゃいますよ」

「その方、どんな方ですか」

「どんなって、普通のお嬢さんですよ。旅行が多くて、ほとんどここには帰って来てないみたいですけれど」

「はああ、旅行が多く、ほとんど帰って来てない……と」

彼は台帳に書き込んでいる。自分が話したことが、何だか知らないけど、記入されていくのは感じがいいものではない。

「こういっては何ですが、見かけない人と一緒にいるとか、人の出入りが多いとか、気になることはありませんでしたか」

「その人についてですか」

「はい、そうです」

まさか以前、男性を足蹴《あしげ》にしていたことがあるとか、外国人男性が来たようだなどといったら、大事になりそうだったので、

「私は見たことがありません」

といった。

「そうですか」

残念そうにしている彼に向かって、

「こんな筒抜けのところですから、変わったことがあると、すぐわかるんですよ」

「ああ、そうですね。わかりました。もし変わったことがあったら、すぐにお知らせください。ありがとうございました」

彼は敬礼をしてやっと帰っていった。もしかしたら住人のチェックが甘かったので、もう一度、行ってこいといわれたのかもしれない。キョウコ自身、奥の部屋のコナツさんとは、刺繍を始めたばかりの頃、電気スタンドをもらって以来、顔を合わせていない。音もしないのでまたどこかを旅しているのだろう。でも外国で邦人が関係する事件が起きたと知ると、コナツさんではと不安になる自分がいるのも事実なのだった。

部屋に入り、少し窓を開けて、早速、ピザを温めた。部屋の中にチーズの香りが充満してきた。

「ああ、いい匂《にお》い」

ふと窓の外を見ると、白地にキジトラ柄の丸い柄がとんでいるぶちネコが一匹、匂いに誘わ

れたのか、塀の上からじーっと前のめりに部屋の中をのぞきこんでいる。キョウコと目が合っても逃げる様子もなく、

「おう」

と挨拶をするかのように、ぴくっと右耳を動かした。

「こんにちは」

キョウコが話しかけると、まん丸い目で穴があくほど顔を見つめてくる。

「お腹《なか》、すいたね」

声をかけても、そのネコはそのままの姿で、キョウコの顔を見つめ続けていた。

2

クマガイさんは毎日、部屋に帰ってきているが、チユキさんは一週間、十日と不在にしていることが多い。最近、部屋にいないなと思っていたら、三、四日してトントンと戸を叩《たた》く音がした。

「こんにちは」

彼女の声だ。長身の彼女の目線に合わせて、キョウコが顔を斜め上にして戸を開けると、彼女が笑って立っていた。

「こんにちは。これ、おみやげです」

彼女はにこにこ笑いながら、ザルを差し出した。

「えっ、まあ、ご丁寧に……」

キョウコが受け取ったザルに目をやると、おいしそうな素朴なお饅頭《まんじゅう》が六個、並んでいた。

「また、例の、仲居さんのアルバイトをしていたんですよ。いい加減、やめたいんですけど、『今だったらおっさんの宴会は入ってないし、あんたのファンのお客さんも多いから来てよ』なんていわれて、ついまた行っちゃいました」

「ファンがいるなんてすごいじゃない」

「いいえ、もちろん温泉が第一なんですけどね。どうせ世話をされるなら、他の年配の人よりも私のほうがいいっていう程度だと思いますよ。『やっぱり、あんた、大きいわ』なんて、前と同じように感心されたりしてました。おばあちゃんと息子さん夫婦と、小さい男の子二人の一家が、特によくして下さって、子供二人は私が部屋に入っていくと、わーって叫んでとびついてきて、体をよじのぼってくるんですよ。大木と間違えてるんじゃないでしょうかね」

手にお盆を掲げ、男の子二人によじのぼられて当惑している、着物姿のでっかいチユキさんを想像すると、笑いがこみ上げてきた。

「大変だったわね」

「ほとんど遊具ですよ。着物はぐちゃぐちゃになっちゃうし。といっても今回は、宴会の酔っ払った変なおやじがいなかったので、ストレスはなかったです」

「それはよかったわね」

「はい、で、おみやげ、というわけです」

「ありがとう、おいしくてつい食べ過ぎちゃうから危険なのよね」

チユキさんはうふふと笑った後、

「食べたら運動、運動ですよ」

そういいながらランニングをしているみたいに腕を前後に振った。

「チユキさんはスタイルがよくてうらやましいわ。私なんか年齢のせいもあるけど、食べたらもちろん、食べなくても太るような気がするもの」

「ええっ？　そうですか？　でもそんなに太っては……」

彼女は遠慮がちにキョウコの体に目をやり、

「大丈夫ですよ。全然、太っていらっしゃらないもの」

あら、そうかしらとキョウコはちょっとだけうれしくなった。デッサンや彫塑《ちょうそ》などの美術モデルをしているチユキさんは体形には気を使っているという。もともと食べても太らない体質なので、それも助かっているようだ。

「そこが大事なのよねえ」

たしかにキョウコの母も兄も太ってはいないが、自分が知らない肥満体の先祖の遺伝を、受け継いだ可能性もある。

「でも、キョウコさん、人間、スタイルじゃないですよ。ここですよ、ここ」

チユキさんは手のひらで左胸を叩いた。

「そうねえ。そっちも自信がないわ」

「やだー、どうしてですか？　そんなことないですよ。うーん、どうしてかなあ……。そうだ、これから暖かくなるし、もっと外に出たほうがよくないですか。歩けば運動にもなるし」

「もっと行動範囲を広げようかな。外に出るのって図書館に行くのと、買い出しくらいになっちゃって」

「そんなのだめですよ。カビがはえちゃいますよっ」

彼女は笑って、

「それじゃ、失礼します」

と頭を下げて部屋に戻っていった。

「ありがとう」

その背中に礼をいって、キョウコは静かに戸を閉めた。彼女との会話を思い出してみると、ネガティブな発言ばかりしていた。プラス志向すぎるのもいやだけれど、マイナス方向にいくのはよくないなと反省した。

「さて、どうしますかね」

ちょうどおやつの時間なので緑茶を淹れ、いただいたおみやげをひとつつまみながら、キョウコはこれからの生活を考えてみた。

ひとつ作品を仕上げて、興味が薄れてしまった刺繍も、読書も部屋に籠《こ》もってできる。図書館に行くのと、買い出しのついでに散歩をする以外に、外に出るにはいったいどうしたらいいのか。といっても経済的に限りがある身としては、そんなに何でもかんでも出て行けるわけではない。これまでだって外に出るのはほとんど近くの徒歩圏内なので、交通費がゼロで済んでいるのだ。かといって無駄な出費を抑えるために、世の中の様々な魅力的な事柄から目を背けることもしたくない。

チユキさんに「外に出ましょう」と励まされて、たしかにそうだと納得した。れんげ荘に引っ越してきてから、家の中にぐだぐだと籠もっていても、誰にも何にも文句をいわれないので、ほとんどそうやって過ごしてきた。しかし平均寿命まであと何十年もあるのに、このままずーっと同じことをしていたら、会社をやめた意味がない。

学生時代からの友だちで、高校の先生のマユちゃんは、

「パートタイムで働けば」

といったけれど、働く気はない。それによって金銭的に少し余裕ができるのは間違いないが、学校を卒業して会社に就職し、会社や同僚、男女の裏も表も知ってしまい、心底疲弊してしまったので、働くのはいやなのだ。それを聞いたマユちゃんは、

「うーん、まあ、それはキョウコの人生だからねえ。でも憧《あこが》れの森茉莉《まり》さんも、文学者として社会的な活動はなさってましたよ」

という。自分は文学者でもないし、ただの世の中の本流からはずれるのを選んだ中年女である。働く気になれるのは、一日、三時間程度だ。そんな短時間労働が許されるのかはわからないが、一日、二千円程度を稼ぐために働くのであれば、そうしないで本を読んでいたい。

「その少ない賃金でも、塵《ちり》も積もれば山となるのである」

とマユちゃんはいうのだが、その塵にも山にもキョウコは関心がなくなっていたのだ。キョウコの話を聞いてくれ、最後に、

「また何かあったら連絡してね」

とマユちゃんは優しくいって電話を切った。

生涯収入がすべて銀行口座にある身としては、やはり無駄な出費は抑えたい。働いている頃、実家に住んでいるのをいいことに、身につけるものを派手に購入していた癖が、一度、自分が作った掟《おきて》を破ってしまったら、堰《せき》を切ったように出てきて、歯止めが利かなくなるのではと怖れている部分もある。しかしあれだけ服や靴を買っていた自分が、ここに引っ越して以来、クマガイさんから素敵な服をいただいたものの、肌着以外ほとんど購入していないのは、自分で自分を褒めてやりたかった。

「これが女としていいのかというと、別問題だけどね」

引っ越した当初と変わらない、ほとんど物がない室内を見渡しながら、キョウコは苦笑いした。

ラジオを点けると、会社に勤めていた当時に流行《はや》っていた洋楽が流れてきた。バックストリート・ボーイズ、コールドプレイ……。仕事はろくにできないけれど、容姿だけは優れている同僚たちが、露出の多い服に着替え、口紅を塗り直して、六本木に繰り出していく姿が蘇《よみがえ》ってきた。あの人たちはどうしているんだろう。社内での不倫、二股《また》、三股。女同士のやっかみ、悪口、足の引っ張り合い、ブランド品自慢……。仕事ができるキョウコは、同僚の女性社員からは、やっかまれなかった。彼女たちの目指す方向が仕事ではなく、余裕のある主婦生活をもたらしてくれる男性を見つけることだったからである。そういう彼女たちは今、自分の望む伴《はん》侶《りょ》を見つけて、望んだような生活をしているのだろうか。

キョウコの足を引っ張ろうとするのは、先輩、同僚、後輩の、会社でのし上がりたい男性ばかりだった。彼らはまだ時間に余裕があるのに、わざとぎりぎりになるまで黙っていて、キョウコにイベントを成功させろと、不可能に近い要求をしてきた。彼らはキョウコが降参するか、失敗して恥をかくのを期待しているのが、明らかにわかった。幸い、キョウコは社内よりも社外に協力者が多かったので、一所懸命に頭を下げてまわると、

「ああ、またか。気の毒に」

と彼らは事情を察してくれて、無理な話も聞いてくれた。陥れようとした彼らは、キョウコがすべて許可を取ったと話すと、

「ああ、そう」

と悔しそうな表情になった。そのあげくキョウコの耳に入ってきたのは、

「取引先の男たちと寝ている」

だった。そんな下らない話を耳にしても、仕事の達成感があり、そんな彼らに対して、

「あんたたちもやってみろ」

と心の中で反撃していたが、そうすることすら疲れてしまった。もう働くのはうんざりだっ

た。

キョウコにとっては、彼女たち、彼らがどうなっていようと関係ない。自分のこれからをどうするかのほうが、ずっと大事だ。

「うーん、どうしようかな」

視線を感じてふと窓に目をやると、この間姿を見せていた、白地にキジトラ丸柄のぶちネコが、この間とまったく同じ格好で、塀の上からキョウコのほうを見ている。この前と違って水色の首輪をつけていた。どうやらどこかのお宅に所属しているようだ。ピザのチーズをほんのちょっとだけお裾《すそ》分《わ》けしたのに味をしめたのだろうか。

「こんにちは」

キョウコが窓に近付いて声をかけると、

「うにゃあ」

と鳴いた。

「ご挨拶できるの。偉いわね」

もっとはっきりネコの顔が見たいと、キョウコが窓の網戸を開けたとたん、ネコはまるで空を飛ぶような格好で、キョウコが開けた窓から室内に飛び込んできた。

「うわっ」

のけぞったキョウコを後目に、ネコはすとんと畳の上に着地し、尻尾をぴんと立てて、ふんふんと部屋の空気の匂いを嗅《か》いでいる。

「どうぞ」

ネコは興味津々で、ベッドや冷蔵庫、靴の匂いを嗅ぎ、天井を仰いでは、

「へええ」

といった雰囲気で室内を歩き回っている。へたに動いて怖がらせると困るからと、キョウコはずっと窓のそばにへばりついて、ネコを眺めていた。しかしネコのほうは落ち着き払っていて、室内をチェックし続けている。

「どうですか。何か面白いものでもありましたか」

キョウコが畳の上に座ると、そのネコはたたたっと走り寄ってきて、今度はキョウコの体を熱心に嗅ぎはじめた。特に靴下をしつこく嗅いでいる。

「やだ、臭いのかしら」

毎日、シャワーを浴びているのにと、キョウコがぎょっとしていると、ネコはぐるるると喉《のど》を鳴らしながら、キョウコの足の裏に頭を押しつけてくる。

「足、好きなの?」

ネコは、

「うぐぐ、んぐぐぐ」

と喉の奥で鳴きながら、より、ぐりんぐりんと頭を押しつけてくる。

「またたびに似た匂いでもするのかなあ」

キョウコは手で靴下を履いた足の裏をこすり、匂いを嗅いでみたが特別、匂いはしない。それでもネコはしばらくの間、キョウコの足の裏に懐《なつ》いていた。

しばらくしてそれに飽きると、畳の上に横になって、ぼわあと大あくびをし、そして目を閉じた。

「よそのお宅のネコちゃんだったら、勝手に御飯をあげたりしたらいけないから。でもお水だったらいいわよね」

スーパーマーケットのリサイクルボックスにいれるつもりで捨てずにおいた、発泡スチロールの小さな皿に水をいれて、そばに置いてやると、起き上がっておいしそうに水を飲み、また横になって今度は目を閉じた。

「寝ちゃうの？」

キョウコが声をかけても目を開けることはなく、そのまま鼻息が荒くなり、それがいびきになっていった。

「あら、どうしましょ」

キョウコは音を立てないように、抜き足差し足で部屋の中を移動し、ベッドを背もたれにして、図書館から借りてきた『野溝七生子作品集』を開いた。ベッドの上に座らなかったのは、ネコと同じ場所にいたかったからだった。

ラジオを消すと部屋の中で聞こえてくるのは、冷蔵庫の小さなモーター音と、ネコのいびきだけだった。そんなに何度も会っているわけでもないのに、ネコが自分を信用してくれている。キョウコは本のページを開き、巻頭の着物姿の著者近影を眺めた。しっかりとした意思の強そうな面立ちだ。その裏ページには、若き日の著者として、チェックのワンピースを着て椅子に座った、とても足がきれいなボブヘアの若い女性の写真が載っていた。こんなモダンでお洒落《しゃれ》な女の子も、歳を取るとごく一般的な、着物を着たおばあさんになってしまうのか。五十代半ばからは大学の教授でもあったので、その立場がそうさせたのかもしれない。誰もが平等に歳を取るのだ。

最初の「山梔《くちなし》」を少し読んだが、どうしても集中できず、本を閉じてネコに目をやった。さっきまで横になっていたのが、寝たまま両腕を挙げ、上半身が天井を向いている。そのままの体勢で、

「ぐー」

といびきをかいている。笑いを堪《こら》えて見ていると、目をつぶったまま、右手をくいくいっと

口元で動かしたかと思うと、そのまま固まった。そしてしばらくすると、ひくひくと右足が動きだし、両手両足を広げた、見事なネコの開き状態になってしまった。キョウコはネコとの距離を保ったまま、ふーっと毛の生えた生き物に、軽く息を吹きかけてみた。まったく起きる気配がない。それどころかいびきがひどくなってきて、しまいには、

「んがー」

と爆睡状態に入った。

キョウコは動物は何でも好きだったので、子供の頃から、近所でネコを見つけると、近寄って頭を撫《な》でようとした。しかし母がいつも、

「汚い。ネコは怖いから嫌だ」

といってキョウコが触るのをやめさせ、ネコを追い払っていた。とても悲しい思いをしていたが、ネコのほうも母の性格を察知して、近寄って来なかったのだろう。しかし大人になってからも、会社に勤めているときはこんな時間も、ネコと知り合う機会もなかったし、れんげ荘に引っ越してきて、ネコを見かけることはあったが、ここまで向こうから飛び込んで来てくれるのははじめてだった。

(ずっと、寝てていいよ)

キョウコはネコに念を送り、本を膝《ひざ》の上に乗せたまま目を閉じた。どこの家が流しているの

か、クラシックが小さく聞こえてきた。

はっとして目を覚ますと、一時間経っていた。ネコのほうを見ると、きちんとお座りをして、じーっとキョウコを見つめていた。

「ああ、ごめんね。おばさん、寝ちゃったから」

髪をなでつけながらネコに話しかけると、ネコはぴょんと窓枠に跳び乗り、そこから土の上に下りて、道路のほうに歩いていった。

「また、おいでね」

キョウコが声をかけると、ネコは振り向きもせずに尻尾をぴんと立てながら、姿を消してしまった。ネコがいるって、こういうことなのかと、キョウコは唐突に、欲しかったプレゼントをもらったような気がした。

キョウコはそのネコに、勝手に「ぶちお」と名付けた。ぶちおは来たり来なかったりだった。姿を見せても部屋に入らないときも多々あった。そのたびにキョウコは落胆し、朝、起きると窓から顔を出して、ぶちおがいるかどうか確認するようになった。気ままなネコに振り回されているようだったが、またそれも楽しい。

十日後、キョウコが図書館に本を返却した帰り、クマガイさんとアパートの入口で顔を合わせたとき、我慢できずに、

「ネコちゃん、クマガイさんのところにも来ますか」

と聞いてしまった。

「ネコちゃん？　あの、白地にこう……縞《しま》の丸い柄、あれもぶちっていうのかしら、あの子はよく塀の上を歩いているわね」

「ああ、そうですか。部屋に入ってくることもあるんですよ」

「おいしそうな匂いがしたんじゃないの」

「いえ、それがやたらと私の足の裏の匂いを嗅ぐんです」

「あら、食べ物じゃなくて、足の裏？　面白いわねえ。私が小さい頃はうちにはイヌもネコもいたけど、足の裏を嗅いでいたかなあ」

クマガイさんが真顔で思いだそうとしているので、キョウコはあわてて、

「ごめんなさい、下らないことをいって」

とあやまった。

「そんなことないわよ。イヌやネコってやっぱりかわいいじゃない。哺乳類《ほにゅうるい》も鳥も虫類も両生類も、生きているものはみんなかわいいわよね」

クマガイさんはにっこり笑った。

そのときはその場で別れたが、彼女の笑顔を何度も思い出しては、前から聞きたかったこと

を聞いてみたくなった。もしかしたらそれで、彼女を不愉快にさせるかもしれない。もしそうなったらどうしよう。でもそんなことで怒るような人じゃないかもと、キョウコの心は揺らぎ、自分の思っていることを実行に移せなかった。

真っ青に空が晴れた日の午前中、戸を開け放って、クマガイさんが箒で部屋の掃除をしていた。白い麻《あさ》の長袖チュニックに洗いざらしたデニムを穿き、襟元にはピンクや赤の幾何学プリントのストールを巻いている。部屋着姿なのに、やっぱりお洒落だ。

「やっと暖かくなってきたから。湿気がないときに空気を入れ替えておかないとね」

銀髪をひとつにまとめ、化粧っ気はないけれど肌艶《はだつや》のいい顔でにっこりほほえみかけられて、キョウコはつい、聞きたいことを口に出してしまった。

「あのう、本当にこんなこと、失礼なんですけれど、クマガイさんはあのう、生活費はどうなさっているんですか？　ご両親の話はおうかがいした記憶があるんですけれど、今は働いたりとか……。あの、本当にすみません、ごめんなさい」

しどろもどろになったキョウコを、クマガイさんは笑いながら、

「基本的には親が残してくれたものを、食いつぶしてるの。水商売だったのは話したことがありますよね。あれの残党ね。でもたまには仕事してますよ」

「えっ、そうなんですか」

「友だちに頼まれて翻訳の仕事とか、ちょこっとね。まあ友だちっていっても、昔の男だけどね、あはははは」

キョウコは聞かなきゃよかったとあせって、

「あっ、昔の男さんですか」

といってしまった。クマガイさんは、

「そうなの、昔の男さんなのよ」

と大笑いしながら、

「ちょっと入らない？」

と部屋に招き入れてくれた。

「本当にすみません……」

キョウコが身を縮めていると、

「いえいえ、どうぞお楽に。遠慮するような仲じゃないでしょう」

と手早くいい香りのするコーヒーを淹れてくれた。

「あー、いいお天気ねえ。若い頃は天気なんて気にしたことなかったけど、歳を取るとどうしてかしらねえ。天気に敏感になるわね。それによって体調が影響を受けるっていうこともあるんだけど。あなたはそんなことない？」

「雨の日は、ひどくないんですが軽く頭痛っぽくなります」

「そうでしょう、そうなのよ。だから天気が気になってくるのよね。今日は気持ちがいいわ」

コーヒーをひと口飲んで、クマガイさんははぁ～っと息を吐いた。

「素敵なチェストですね」

重厚な造りの、幅が二メートルくらいあるチェストが、室内に置いてあった。

「本当なら上置きの鏡とセットだったらしいんだけど、鏡だけ売れちゃったんですって。写真を見せてもらったんだけど、縁にぐるりと木彫がしてあって、素敵な鏡なの。それで下のチェストが残っちゃってたのね。大きいんだけど気に入って、他の家具は全部処分しちゃったの。だから私の持っている一切合切は、全部、この中に入ってるの」

中央に仕切りがあり、左右四段ずつ引き出しがあるが、一番上の浅い引き出しは幅の中央で二つに分かれている。高さは八五センチほどだろうか。

深めの引き出しを開けて見せてくれた中には、素敵なプリントの衣類が、丁寧にたたんで入れてあった。

「あら、失礼」

彼女がつい開けてしまった、肌着をしまってある引き出しには、美しいレースの肌着が重なっていた。キョウコは胸を突かれた。一瞬しか見えなかったが、その白、真珠色、クリーム、グレージュの色のグラデーションがとにかく美しかった。

「きれいですねえ」

自分の持っている、実用一点張りの肌着を思い出して、恥ずかしくなってきた。

「今さら誰に見せるわけじゃないけれど、やっぱりきれいじゃない？　モデルは悪いけど、身につけるのはもちろん、見ているだけで心が和むのよね。いくらおばさんでも、いつもメリヤスばっかりだと、悲しくなっちゃうでしょう？」

「あのう、私、そのメリヤスです」

キョウコは小声でいった。

「あなたはまだいいのよ。私みたいにおばあさんになってからの話。派手にする必要はないけれど、きれいなものはやっぱりいいわよね」

キョウコは黙ってうなずくしかなかった。明らかに女として、クマガイさんに負けていた。

「さっきの話だけど、何かしら？　私でよければ何を聞いてもかまわないわよ」

クマガイさんは堂々としていた。キョウコは、

「あのう、生活のことなんですけれど……」

彼女はキョウコの目を見て、うんうんとうなずいている。他人様《ひとさま》のことを聞くよりも、まず自分の話をするべきだろうと、キョウコは、貯金を取り崩して生活しているのだが、友だちか

らは暇を持て余しているのなら、少しの時間でも働けばいいのにといわれた。自分はその気になれないのだが、この先、不安になることも多いのだと正直に話した。

「ああ、そうねえ。うーん、たとえばコンビニのアルバイトって、いくらぐらいもらえるのかな」

「商店街で見たところ、時間帯にもよるでしょうけれど、時給七百円から九百円くらいじゃないでしょうか。でも私が勤められる限度って、三時間くらいだし、毎日、お勤めする気もないし……」

「それじゃあ、働く必要はないんじゃないの。ちゃんと計画してお金を遣っているんでしょう」

「はい、今のところ枠内に収まっています」

「じゃあ、お友だちの意見はありがたく受け止めておいて、今のままでいいんじゃない。働く気がないのに働くのはよくないでしょ。本当に働きたい人の場所を奪ってしまうし」

「そうですね」

「でも、将来が不安？」

「将来っていうか、突発的な何かが起きたときに、対処できるかなって。いちおうそれも含めて考えてはいるんですが」

「平気よ。私なんか本当に大丈夫かしらっていうくらい丼《どんぶり》勘定だから。親からの遺産相続だから最初はまとまったお金があったんだけど、遣っていけば減っていくわよね。歳を取ってくると、これで足りるかなあなんて心配したけど。でも息子を頼る気は全然ないから、こっちで何とかしなくちゃならないでしょ。今はたまに、さっきも話した、昔の男さんのところで、アルバイトさせてもらってるけど、まあそれも微々たるものだから」

「はあ、そうですか」

「若い人は違うかもしれないけど、この年齢になるとね、お金を稼ぐというよりも、好きなことをやってその結果、ご褒美をいただけるといった感じかな」

「うらやましいです」

　自分も考え方を変えなくてはならないのかもしれない。会社をやめるとき、貯蓄額と経費を計算して、これでよしと決断したのに、大幅に残高を割っているわけでもないのに、気持ちがゆらぎはじめている。働くとなると生活費と直結して考えてしまうのが、我ながら悲しい。

「働きたくないんでしょ」

「ええ、それはそうなんです。三時間くらいでお金を得るのだったら、本を読んでいたいです」

「じゃあ、それでいいんじゃない」

クマガイさんはさらりといった。たしかにそうなのだが、キョウコは自分で自分の気持ちがよくわからなくなってきた。

「会社をやめた直後は、テンションが上がっているから、そのまま突っ走るけれど、少し落ち着くとその当たり前になった生活が、不安になってくるのかもしれないわね」

「そうなんです」

クマガイさんは、どんな立場でも不安はつきもので、それがなかったら人として進歩がないのではと話してくれた。

「何でもほどほどがいいと思うわよ。不安を突き詰めて悩みすぎると、体の具合が悪くなったりするし、不安になったらその考えをとりあえず受け止めて、深呼吸を二、三回するか、外を歩いたらなんとかなるものよ。もし何かあったとしても、周囲の人が手を差し伸べてくれるわよ」

「そうでしょうか」

「そうよ。私が倒れたときも、ここのみなさんが救急車を呼んでくださったりしたじゃない。あれで私は命拾いをしたんだもの。感謝してもしきれないわ」

「いえいえ、それは当然のことですから」

「次は私があなたに恩返しをする番だから。といっても社会的な力はないから、あまり期待しないでね」

　彼女はにっこり笑った。

　クマガイさんは若い頃、夜の新宿でボーイフレンドたちと遊びまくっていたような人なので、女性の友だちはほとんどいないという。

「結局、男の取り合いだったのよね」

　グループで一緒に遊んでいた女の人たちは、そのなかの男性と同棲《どうせい》し、子供が出来たとわかったとたんに彼に逃げられたり、結婚したとしても後年、離婚する人も多かった。

「本当にだめな男はだめなのよ。自分のことしか考えてなくて、一流のヒモにすらなれないんだから。結局、夜の仕事をして体を壊して、死んじゃう人も何人もいたわね。そういう人たちは妙な意地があって、クズな男と別れないんだよね。でも男のほうは彼女が亡くなったとたんに、若い女の子と一緒になったりしたからね。女もだらだら流されないで、川の中で踏ん張らなくちゃならないときは、しっかり両足で立たないとね」

　キョウコはうなずきながら、彼女の話を聞いていた。

「自分でもう結論は出しているんじゃない。ただ自信が持てないだけでしょ」

「そうかもしれません」

「手持ちの資金がゼロになったわけでもないんだし、もしそうなったとしても、生きる術《すべ》なんてたくさんあるわよ。たまーに気にしてもいいけど、気に病んじゃだめ。中年以降はね、中身が全部顔に出るから、暗いことはなるべく考えないこと。そうしないとばあさんになったときに悲惨よ。愛嬌《あいきょう》もなくて顔が陰気なおばあさんって怖いわよ。誰も寄ってこないよ。あなたは大丈夫。自信を持って」

クマガイさんに励まされて、キョウコは深々と頭を下げ、礼をいって部屋に戻った。彼女の言葉がひとつひとつ身にしみた。初心に戻って会社をやめたときのことを考えてみよう。そして、

「陰気なおばあさんは、やだなあ」

といいながら、鏡に自分の顔を映してみた。

3

昨日炊いた冷や御飯を、細かく切った玉ねぎ、にんじん、小松菜やじゃこと一緒に、チャーハンにしようと昼御飯を作っていると携帯が鳴った。

「元気でやってるか」

兄の声だった。

「うん、元気よ」

「それだったらいいけど。あまり無理するなよ」

「無理なんかしてないわよ。やあねえ」

「ふーん、そうか」

兄はキョウコの行動に対して、理解を示してくれていたけれど、心配しているところもあるらしい。

「どうしたの？　珍しいわね」

「ああ、レイナから聞いてると思うけど、ケイが就職したら家を出るっていうんだよ」

「うん」

「本人はやめてくれっていうんだけど、生まれてから二十何年過ごした家を離れるわけだから、門出を祝ってやろうと思ってさ」

「ああ、そうなの」

「もう大変だったんだよ。おばあちゃんと顔を合わせればバトルになって。あいつが家を出たいっていうのもわかるんだけどな」

キョウコの耳にため息が聞こえた。若い女性の笑い声が聞こえ、遠ざかっていった。

「今、昼休み」

「ああ。食事が終わって電話してるんだ。おれも定年が見えてきたからなあ」

「リストラもされないで、今まで勤められたんだから、よかったじゃないの」

「いやあ、わからないぞ。これから何があるか。うちの会社も早期退職者を募っているからな」

成績も性格もいいと、ご近所中から褒めちぎられていた、坊ちゃん刈りの坊やも、定年を意識するような年齢になったのだ。

「で、今度の土曜日の夜、その会をするんだけど、来てくれないかな」

「私は行きたいけど、お母さんが……」

「あの人のことは気にするな。気にしはじめると何もできなくなるから」

「ふふっ、そうね。プレゼントは必要?」

「いや、それはなしの方向で」

「わかりました。じゃあまた、そのときに」

ケイと母の間に挟まれて、兄も義姉のカナコも気疲れしているのではないかと、心配していたが、彼の声には特に疲れた様子もなく、キョウコはほっとした。

「さて、何を着ていこうかな」

炒め作業をしながら、気持ちが浮き立ってきた。着るといっても服の数も少ないので、おでかけ用にしている二、三着のなかから選ぶしかないのだが、クマガイさんからもらった、エミリオ・プッチのチュニックの下に、細身のパンツを穿いていこうと決めた。肌寒かったら上にカシミヤのストールを巻けばいい。何の変化もない日常を続けていたキョウコは、不仲の母と顔を合わせる気の重さよりも、ふだんとは違う、特別な日に参加できるのがうれしかった。

久しぶりに自分なりにお洒落をして、キョウコは電車に乗った。普通の人にとっては電車内の光景も見慣れているのだろうが、キョウコは珍しくてたまらなかった。ベビーカーもコンパクトなものや、まるでサイドカーみたいに大型なものまで様々あると知った。向かいの七人掛けの座席に座っている人たちのうち、本を読んでいる人は一人だけ。寝ているのが一人。残りの五人はスマホを手に、必死に画面を眺めたり、触り続けたりしている。離れた座席に目をやると、これからデートなのか、こちらも小さな手鏡を手に、化粧をしている若い女性がいた。膝の上にポーチを置いて、自分の世界はその鏡の中にしかないような形相になって、揺れる車内でつけまつげをつけようとしている。

幼稚園くらいの男の子に英語の本を見せて読ませ、逐一、発音を直している母親。ほとんど昏睡《こんすい》状態の大学生らしき男の子。ハイキング帰りなのか、つばの広い帽子をかぶり、パンツにウォーキングシューズ姿で、談笑している高齢者の女性グループ。すでに楽しみが終わった人もいるし、これからはじまる人もいる。

（私がこれから行く場所は、楽しくなるのか、それとも……）

キョウコは不安はないけれど、どうなるのかなあとまるで他人事《ひとごと》のように考えていた。

久しぶりに実家の最寄り駅に下りると、以前とはまた雰囲気が違っていた。駅前に高層マンションが建っていて、その隣にショッピングモールができている。ラーメン店、餃子《ギョーザ》店には行列ができていた。キョウコが子供の頃にあった、平屋の店舗はすべてなくなり、足元も煉瓦《れんが》敷きになって、町全体がきれいになっていた。実家までの道も、小学校の同級生の家だった酒店がなくなっていてマンションになり、彼の名字がマンションの名前についていた。キョウコの記憶のなかにある一軒家がそのまま残っているのはほとんどなく、建て替えのついでに庭にアパートを建てたり、商業ビルになったりしていた。実家に近づくと、古い住宅地なので駅周辺よりは変化は少ないが、それでも町の風景は変わっていた。

まだキョウコが実家にいるときに、家に手を入れたものの、それからは何もしていないようで、実家はそれなりに古びていた。義姉が花の手入れを丁寧にしていて、季節のサクラソウやサイネリアの鉢植えがエントランスにずらっと並べられているのが感じがいい。

キョウコがインターホンを押すと、

「はい、開いてますから、どうぞ」

と義姉の声がした。

「失礼します」

ドアノブを回しながら、実家に帰るのに、失礼しますといってしまう自分がおかしかった。

「いらっしゃい」

出てきてくれたのは、チワワのリリちゃんを抱いたレイナだった。かわいい女の子だったのが、背も伸びてきれいな女の子になっている。肌もつるつるで存在自体が輝いている。

「どうぞ、座って」

キッチンから義姉の声が聞こえる。

「お父さんも料理を手伝っているんだけどね、足手まといみたいなの」

レイナが耳元でささやいてくすっと笑った。

「あら、そうなの」

自分の敵がリビングルームにいるかと、身構えつつ足を踏み入れると、そこにはケイしかいなかった。

「あ、キョウコちゃん、ごめんね。わざわざ来てもらって。おれはこんなこと、したくなかったんだけど」

これまたかわいい男の子からかっこいい男の子になったケイが、申し訳なさそうに頭を下げた。こちらも輝いている。

「いいのよ。華々しい門出じゃないの」

「華々しいのかなあ」

「そうよ、就職も決まったんでしょう。いい会社じゃないの。将来性もある若い職場だし。よかったわね」

「うん、それはよかった」

彼は素直ににっこりと笑った。リビングルームにもキッチンにも、どこにも母の姿はなかった。キョウコの目の動きで悟ったのか、レイナが、

「おばあちゃん、自分の部屋に引きこもってるの。このところずっとそうなの」

という。

「ああ、そうなの」

自分から挨拶に行くのはやめたほうがいいかもしれないと、キョウコは思った。

「腹が立つから私たちと一緒に御飯を食べるのがいやなんだって」

レイナは心に何の曇りもないまま、素直に現在の状況を口に出したが、キッチンから、

「こら、そんなことはいわないの」

と義姉に叱《しか》られていた。

「はあい」

レイナに抱っこされていたリリちゃんが、キョウコに愛想を振りまき、ふわふわした尻尾を最大可動域まで振りながら、両手を伸ばしてくるので、キョウコが抱っこしてやると、鼻息荒く顔やら首やらを舐《な》め回してきた。

「うわっ、はい、よしよし」

そういいながら落ちつかせようと、何度も体をさすった。部屋にやってくるクールなネコの「ぶちお」とは、ずいぶん態度が違うなあと感心した。

「ほら、リリ、こっち」

ケイが、押すと音が出るゴムのおもちゃを見せると、リリちゃんはそれに目を奪われ、狩りの姿勢になった。ケイがおもちゃを床に転がすと、それに飛びつき、くわえては飛ばし、くわえては飛ばしを繰り返している、くわえるたびに「キュッ」とかわいい音が出る。体全部が小さなボールのような、リリの愛らしい姿を三人で眺めていると、

「うるさいわねえ。その音を聞くと、頭が痛くなってくるのよっ」

こめかみを押さえながら、母がやってきた。そのとたん、おもちゃ遊びをしていたリリが、それをやめて身構え、

「うー」

と低い声でうなりはじめた。

「ああ、はいはい、こっちにおいで」

すかさずケイがリリちゃんを抱っこすると、ソファに座った母を横目でにらみながら、リリちゃんは不満そうな顔をしている。

（こんな子にまできらわれているなんて）

キョウコは笑いを堪えながら、情けなくなってきた。

「お待たせしました」

兄夫婦が大皿に盛られた料理を、食卓に並べはじめた。リリちゃんをケージに入れ、ケイも、レイナと一緒に手伝っている。もちろんキョウコも料理や皿を運び、箸《はし》やナイフ、フォークを並べた。母は膝の上に手を置いて、ソファに座っていた。おもちゃの音がしなくなったので、頭痛はしなくなったらしい。義姉の料理はいつもの通りすばらしかった。根菜の煮物、ちらし鮨《ずし》、大盛りのグリーンサラダ、野菜とソーセージのオーブン焼き、ピザ、サイコロステーキなどなど。

「かきたま汁もありますから」

キョウコは食卓の上に大輪の花が咲いたような大皿を見て、圧倒された。

「大変でしたねえ」

「うちは年齢層が広いでしょ。だからどうしても品数が増えちゃうんですよ。ピザはケイのリクエストだったから、追加したんですけどね。いちおうデリバリーじゃなくて、うちで作りました」

基本のマルゲリータとはいえ、電話して届けてもらうのとはやはり違うだろう。兄が電子レンジで温めたハンドタオルを、トレイに乗せて持ってきたので、キョウコがそれをそれぞれの皿の横に置いた。

「さあ、どうぞ。お義母《かあ》さんもどうぞ」

カナコが声をかけると、

「はい、ありがとう」

と母は腰を上げて、食卓の椅子に座った。特にうれしそうでも不愉快そうでもない。みんなが食卓に集まっているので、仲間はずれにされたと思ったのか、リリちゃんが鳴きはじめた。

「リリはちゃんと御飯食べたでしょ。あとで遊んであげるから、少し待ってなさい」

ケイとレイナが同時にたしなめたので、兄夫婦は、

「すごい、シンクロ」

と笑っている。そんななかでも、母は無表情だった。待ってなさいといわれたリリちゃんは、

クンクンと鼻を鳴らしていたが、うらめしそうな目つきながらも、おとなしく待っている。

「お利口さんね」

キョウコが感心すると、

「後が大変なのよ。ケージから出すともう大騒ぎなの」

カナコが苦笑した。兄一家の明るい雰囲気の傍らで、一人、黒いオーラを発している母がいた。

一同が席につき、兄が口を開いた。

「ケイも社会人になって、この家を出ることになりました。その門出にみなさまお集まりいただき、ありがとうございました」

レイナが下を向いて笑っている。

「これから大変なこともあるでしょうが、まあ、がんばってくれ。以上」

「あのう、おれはこんなふうにしてもらわなくても、よかったんだけど……」

ケイが口を開いた。

「ありがとう。これから一人で何とかやっていきます」

頭を下げた彼に対して、義姉、レイナ、キョウコがぱちぱちと拍手をした。特に義姉は口元は笑っていたけれど、目は泣いていた。

「はい、それでは、いただきます」

兄の声で夕食がはじまった。

「やっぱりピザ、おいしいなあ」

自分がリクエストしたものに、ケイはまっさきに手を伸ばした。

「そんなことしてると太るよ。まず、野菜を食べて、その後に炭水化物なんだよ」

レイナが年頃の女の子の、太らない情報を兄に教えている。

「好きなものはいちばん先に食べるんだよ。おれはそうなんだ」

ケイは二ピース目を手にしている。

「お兄ちゃん、数を数えなよ。食べすぎじゃないの」

「うっ？」

ケイはピザを口に入れたまま、皿の上に目を落とした。

「いいのよ、好きなだけ食べたら。私の分を贈呈するわ」

キョウコが笑いながらいうと、

「ありがとう」

と申し訳なさそうに小さく頭を下げた。

「今日はお前のためのお祝いなんだから、何でも好きなだけ食べろよ」

兄もピザを食べるのはあきらめたらしい。母がちらし鮨を器に取ったのを見て、義姉がすかさず、かきたま汁をお椀《わん》によそって持ってきた。

「お義母さん、料理、どうですか」

母に気を使って声もかけてくれた。

「ええ、おいしいですよ」

ちらし鮨を食べながら、ちっともおいしそうではない雰囲気で母はいった。どこまで皮肉たっぷりなんだろうかと、キョウコが呆《あき》れていると、義姉は、

「そう、よかった」

とにっこり笑った。彼女は聡明な人なので母の態度で嫌みをいわれているのはわかっているはずなのに、それを微塵《みじん》も感じさせない態度で、さらっとしていた。この人のおかげで、この家は成り立っていると、キョウコは感謝した。

きっとみんなどこかで母を気にしているはずなのに、それに触らないように穏やかに会話は続いていた。

「ごちそうさま」

母が席を立った。食事ははじまったばかりだった。

「もういいんですか」

義姉が中腰になったのを、兄が制止して、

「疲れたんだったら、早く寝たほうがいいよ」

と母に向かっていった。

「そんな、せっかくキョウコさんも来てくれたのに……」

義姉はキョウコを見ながら、申し訳なさそうな顔をした。

「この人は暇だからね」

母はそういい残して、自室に入っていった。一瞬、食卓はしらけた雰囲気になったが、レイナが、

「お兄ちゃんは食べ過ぎだってば。これから一人暮らしをするっていうのに、体重管理ができるの」

とまたピザを手にしているケイをたしなめた。

「これから絶対、食生活は貧しくなるに決まってるから、今のうちにおいしいものの食いだめをしておくんだ」

「ちゃんとしてよ、本当に。弁当男子になって欲しいわ。今はいくらでもSNSやレシピサイトで調べられるんだから、自炊してちょうだいよ」

義姉は心配そうだ。

「わかってる。お湯をそそいでできるやつとかは、買わないように決めたから」

「たまにはいいけど毎日はだめよ。わかった」

「はい、わかりましたよ」

「運動をするには食事が大切だからな」

兄の言葉にうなずいている。きっと彼ならちゃんと一人暮らしもできるだろう。

料理は半分以下に減ってきた。ピザは残っていた最後の一ピースをレイナが食べた。

「はああ、もうお腹いっぱい。どうしよう、また明日からダイエットだ」

「あれだけお兄ちゃんに、食べる順番を教えていたのに、自分がダイエットなの？」

義姉が笑うと、

「私はちゃんと野菜から食べたから。でも量がねえ、ちょっとねえ、食べ過ぎちゃったから」

とレイナはお腹をさすっている。

「そういうときに何ですが、デザートもあるんですけど」

義姉が立ち上がると、レイナの目が輝いた。

「デザート、何？　お母さん」

金属製の丸いトレイに鎮座して運ばれてきたのは、チーズケーキだった。そしてそれだけではなく、ナッツ入りアイスクリーム。チョコレートソースは別添えだ。ケーキもアイスも手作りだという。その他、パイナップル、柑橘類《かんきつ》、いちごがカットされてガラスの器に盛られていた。

「まあ、豪華ねえ」

思わずキョウコがつぶやいた。

「レイナはお腹いっぱいだから、デザートは……」

義姉がいいかけると、

「食べないわけないじゃん。食べますよ。食べます。ダイエットは明日から」

そういって義姉がケーキをカットするのを、皿を出して待ちかねていたが、

「あっ」

といってその皿を引っ込めた。

「今日はお兄ちゃんが主役だから」

ケイは、

「いやあ、すまんなあ」

と大げさにいい、いちばん最初に皿の上にケーキを乗せてもらっていた。そして義姉は次にレイナにケーキを切ってやり、引っ込んでしまった母のために、ケーキ、アイスクリーム、フルーツを取り分けて、部屋に持っていった。手ぶらで戻ってきたところを見ると、母はいちお

う受け取ったようだ。

「すみません、お手数をかけて」

キョウコが声をかけると、

「いいえ、いつもと変わりませんから、大丈夫ですよ」

と彼女は笑った。兄は彼女の隣でうんうんとうなずき、ケイはリリちゃんをケージから出してやっていた。

ケイの新居は、会社から徒歩十五分くらいの場所にある、高層マンションの十一階の1Kだという。

「高層って怖くない？」

キョウコがたずねると、

「耐震構造になっているから平気だよ。地盤もしっかりしてるし」

「怖いかどうかでいったら、キョウコちゃんちもそれなりに怖いよ」

レイナに突っ込まれて、キョウコはごもっともですとしかいえなかった。兄は会社に近い場所に住むのはやめろといっていたようだ。絶対、同僚の溜《た》まり場になってしまうので、プライバシーが保たれないと注意していた。それは彼が若い頃、見聞きしていた状況だった。しかしケイに、

「学生はともかく、今の若い奴はそんなことはしないよ。みんなそのへんはわきまえているから」

といわれたという。

「あんなにしょっちゅうラインとかやって、既読を気にしたりしているのに、実際の人間関係は希薄なんだな」

兄はケーキを食べながら、誰にいうでもなくつぶやいた。

「ま、うまくやってくれ」

親にしてみれば、そういって送り出すしかない。

「お母さんもさ、甘やかしちゃだめだよ。このままだとしょっちゅう、お兄ちゃんのマンションに行きそう」

レイナは笑っている。

「そんなことしませんよ。少しは親のありがたみもわかったほうがいいんです」

義姉は胸を張っていたが、きっと寂《さび》しいに違いないのだ。

「本当にちゃんとできるのかしら。うちにあるお鍋《なべ》とか持っていけばっていったのに、いらないっていうのよ。少しでもお金を遣わせないようにって思ったのに」

彼女がキョウコに向かって不満げにいった。「あら、どうして」

キョウコがケイの顔を見ると、

「だって、うちにあるのは本格的すぎるんだもの。あんなの使いこなせないよ。百均のでいいんだよ」

とリリちゃんを膝の上に乗せて、ケーキを食べている。興味津々で匂いは嗅ぐものの、リリちゃんは手を出さずお行儀がいい。

「その場しのぎで買ったって、使っているうちに飽きちゃうの。そのときにまたいい物を買うなんて無駄でしょう」

「無理だよ、おれの腕で。だってキョウコさん、お母さん、おれに包丁の三本セットを買ってあげるっていうんだよ。板前修業に行くわけでもないのに」

「必要でしょう」

義姉は真顔である。

「いるかもしれないけど、最初はハサミでいいの。必要になったら百均で買うからさ」

「百均、百均って、まるでお友だちみたいなのね」

「いや、そういうもんなんだよ、今は。これから自分一人でやっていくんだから、好きなようにさせればいいいんだよ」

兄が間に入っても義姉は納得できないようで、

「そんなものかしらねえ」

とケーキを食べ、

「あら、意外によくできた」

と笑顔になった。それ以降はレイナもまじえ、たまにキョウコも参加して、百均の品揃《しなぞろ》えについて語った。義姉は、

「へええ」

とただただ驚いていた。

兄の家にいた四時間は、部屋にいると一日が過ぎるのが長いのに、あっという間に過ぎていった。みんなが、キョウコが自《みずか》ら話さない限り、今の生活をあれこれ詮索《せんさく》しないのもありがたかった。

「キョウコさん、これ、よかったら持っていって。余り物で申し訳ないけど」

他の三人がリリちゃんと遊んでいる間、義姉が密閉容器に、ちらし鮨や煮物、カットした野菜まで入れてくれていた。

「すみません、助かります。ありがとうございます」

「困ったことない？　遠慮しないで何でもいってね」

「こちらこそ、母があんなふうだから、お義姉さんにも迷惑をかけて」

「大丈夫。夫婦でうまくやってるから」

「母は私よりもお義姉さんのほうが、ずっと好きだと思うので……」

ふつうだったら、実の娘が手伝うのが本筋なのかもしれないが、当事者と不仲なのだからそれを申し出るのも気が引ける。何から何まで義姉におんぶに抱っこで、申し訳なかった。

「こんな歳になっても、何の役にも立てないでごめんなさい。何かあったら声をかけてくださいね。母は嫌かもしれないけど、留守番でも何でもしますから」

義理の姉妹はキッチンの横で、小声でやりとりをしては、頭を下げ合っていた。

「何をごそごそやってるの」

レイナが近寄ってきた。

「おみやげをいただいたのよ。ちょっと挨拶してきます」

キョウコは緊張しつつ、母の部屋の前に立ち、ドアをノックした。

「キョウコです。お邪魔しました。入ります」

しばらくして、「はい」と小さな声がした。そっとドアを開けると、三面鏡の前でパジャマ姿の母が、髪の毛をブラッシングしていた。ブラシにガーゼをかませているのも、昔のままだった。鏡を見たまま、キョウコを見る気配もない。いつの間にこんなに体がうすべったく、小さくなっていたのだろう。この前会ったときから、十年も二十年も経ったわけではないのに、ブラシを持っている手も体も明らかに老女だった。

「これで帰りますから。お母さんも体に気をつけて」

「はい」

母は目を娘に向けることなく、それで終わった。

キョウコはドアを閉めてキッチンに戻った。義姉が心配そうな顔をしていたので、

「挨拶できました」

というとほっとした表情になった。兄一家とケイに抱っこされたリリちゃんまで右手を振って、というか厳密にいえばケイに振らされているのだが、家の外に出て見送ってくれた。何度か振り返ったが、ずっと彼らはキョウコを見送ってくれていた。自分は彼らに対して何もできないのに、あんなに自分のことを思いやってくれているのかと思うと、とても楽しかったのにもかかわらず、自分のふがいなさが情けなかった。

複雑な思いでアパートに戻ると、入口でチユキさんと出くわした。

「ああ、どうも、こんばんは」

同時に頭を下げると、彼女が、

「キョウコさん、珍しいですねえ。夜にお出かけなんて。お風呂《ふろ》……じゃないですよね」と無邪気に聞いてきた。そうかそんなに外出しないと思われているのかと、キョウコは苦笑しな

がら、

「実家に行っていたの。甥が就職して家を出るものだから、食事会があって」

「いいですね。ご家族がいるとそういうこともあって」

そうだった、チユキさんはおじいさんが亡くなってから、天涯孤独だったのだと思い出した。

「チユキさんはお出かけ？」

「ええ、今日はオープニングパーティがあったので。よろしかったら招待券があるので、行ってみてください」

彼女はバッグから、チケットを二枚出してくれた。招待券と印刷してある。

「いいの？　お代金は……」

「いいんです。私、モデルをしたので。どーんと会場に立ってますから。ふふふ」

彼女は直立不動で天を仰ぎ、ふっと息を抜いて笑った。そこへクマガイさんが帰ってきた。

「あら、お二人お揃いで」

「こんばんは」

またみんなで頭を下げた。

「クマガイさんも、これ。よろしかったら行ってみてください」

チユキさんがチケットを渡すと、クマガイさんは少し体をのけぞらせて、

「彫刻展？　まあ、どうしたの」

とたずね、バッグの中から眼鏡を取り出してかけた。

「私、ずっとモデルをしてたんです」

「そういえば絵のモデルをしてるっていってたわね。彫刻のほうもしていたの」

「はい。その彫刻のほうが、展示されることになりました」

「それはよかったわねえ、へええ、それはたいしたもんだ。あら、ご招待。申し訳ないわねえ」

クマガイさんはしきりに感心したり恐縮したりしていた。モデルを続けたチユキさんにか、それとも造り上げた彫刻家に対してかはわからなかったが、どちらにせよ感嘆していたのには間違いない。

「どうもありがとう、楽しみにうかがうわ」

キョウコはあらためてチケットを見ると、場所は小さな美術館で、他にも書道展が行われるようだ。

「美術館なんて、会社をやめてから全然、行ってないわ。たまにはこういうところに行って、刺激を受けなくちゃね。ずっと部屋の中にいたって、ネコちゃんが遊びに来てくれるくらいで、どうにもならないもの」

キョウコがそういうと、クマガイさんが、

「ネコちゃんの相手は、八十、九十になってもできるからね。体が動くうちは、どんどん外に出て、いろいろなものを見て吸収したほうがいいわよ。そして帰ってから、ネコちゃんと遊ぶっていうのがいいわね。ネコちゃんが生活のすべてになるっていうのはどうかなあ」

といった。

キョウコは「ぶちお」が来てくれるようになってから、日々の生活がその傾向を帯びてきたのがわかった。いつも彼を待っている自分に気がついて、内心、これではまずいと思っていたところだった。このチケットがいいきっかけになればと、キョウコはあらためて手にした展覧会のチケットを眺めた。

4

チユキさんからもらったチケットで、キョウコは展覧会を観《み》に行った。自腹を切ったわけではないけれど、展覧会に行くのは本当に久しぶりだった。会社に入って数年間ぐらいは、絵画展にはよく通ったけれど、それ以降は会社と家の往復で、休みの日は家で倒れているのがふつうだったので、そんな余裕のある時間を持てなかった。

ドラッグストアで買った、プチプラコスメの口紅のうち、いちばん赤味があるものをつけ、クマガイさんからいただいた、実家に帰ったときに着ていたものとは別の、ブルー系のプッチのチュニックに細身のパンツ、パンプスを履いて家を出た。ふだんはスニーカーばかり履いているので、パンプスを履く機会がほとんどない。おでかけ用にしているシンプルなパンプスは、会社をやめる二年前に購入したものだが新品同様だ。ふだん、赤い色の口紅はつけないので、口だけが目立って変なのではと、妙に気になっていたが、歩いている人にじっと顔を見られないところをみると、変ではないのかもしれない。ただふだんと違うことをしていると、気恥ずかしいのだった。

しかし他人は、中年女が赤い口紅をつけていようがいまいが、そんなことなど気にしていないのだ。展覧会が行われている美術館は、電車で三十分くらいだ。ゴールデンウィーク前で、少しは空《す》いているかと思ったが、前倒しで休暇を取ったのか、大きなスーツケースを傍らに置いている人を多く見かけた。

会社に勤めているとき、それまでとらなかった有給休暇を利用して、ゴールデンウィークと合体させて、平気で三週間休んでしまう女性の先輩がいた。彼女は人事部長の愛人でもあり、

社員は文句をいいたいものの、面と向かっていえず、

「あれはないよな」

「休みの前って特に忙しいし、特にあのセクションは、休暇中にもイベントがあるはずだぞ。それを休むなんて職場放棄だよ」

と陰口を叩《たた》いていた。しかしパリの旅、三週間から戻ってくると、

「ごめんなさあい」

といいながら、一同におみやげを買ってきてくれるので、陰口を叩いていた社員も、それを突き返す勇気はなく、黙るしかなかった。キョウコもスカーフや、縁に幅広の美しいレースがたくさんついたハンカチをもらった。レースのハンカチのほうは、どう考えても使う機会はないので、義姉にあげたらとても喜んでくれて、結婚式に呼ばれた際には、必ずバッグの中に入れているのだといっていた。人事部長は役員として残っていたけれど、権力を行使できるような立場ではないだろうし、彼女はどうしているのだろうか。誰が何をしていようが、特に仲よくしていたわけでもないから、自分には関係ないのに、キョウコは「あの人は今」が気になって仕方がなくなっている。

(暇ね、私も。他人より自分のことを考えろっていうのよね)

思わず苦笑いをしてふと前を見たら、若い夫婦の父親の膝《ひざ》の上に乗っていた幼児と目が合い、

その子がにこっと笑った。夫婦は二人で何事か話していたので、気付いていない。

（私と同じ年齢で、すでに孫がいる人もいるんだろうな）

自分は会社の同僚を思い出すけれど、彼らは私を思い出すことはないだろう。

「あの人、やめたね。どうしてかしらね。うちは給料がいいのにもったいない」

「さあね、結婚したって話も聞かないけど」

なんていわれて、名前さえも彼らの頭の中から消え去っているに違いない。

自分もその人がやらかした事は覚えているのに、名前を思い出せないことがたびたびなのだから、彼らの記憶から自分が消去されたとしても、それは仕方がない。そんな会社に勤めていたからこそ、今の生活が成り立っている。年齢的にはまだ会社勤めが可能だけれど、いくら給料がよくても、戻れるかといわれたら絶対無理だ。平日の午前中、誰に文句もいわれずに、美術館に行ける自由さをありがたいと思わずして、何と思うかなどと考えているうちに、美術館の最寄り駅まであと一駅になった。向かいの幼児は父親に抱っこされて、電車を降りていくとき、キョウコに向かって小さな右手をぐーぱーぐーぱーしてくれた。バイバイのつもりらしい。キョウコも笑いながらその子に向かって手を振った。

美術館の最寄り駅でどっと人が降りた。キョウコの乗った車両が改札口からいちばん離れていたので、乗客が少なかったのだが、平日なのにと驚くほどの人数が、改札口へ流れ込んでいく。

（全員が美術館に行くわけじゃないだろうけど……）

駅構内を歩いていくうちに、他の出口から人々は出ていったけれど、キョウコの想像を超えた人数が同じ方向に進んでいった。出口から美術館に向かうと、メガホンを持った男性が何事か叫んでいて、遠目に大勢の人が並んでいるのが見えた。

「まさか……」

驚きつつ歩いていくと、大勢が並んでいたのは、隣の美術館の絵画展で、キョウコが目指す美術館はその裏手にあり、そこには誰もおらず、しーんとしていた。よかったと思いつつ、少し寂《さび》しい気持ちになりながら、キョウコは中に入っていった。先客が二人いた。外の騒動からは信じられないほど、コンクリートに包まれた無音の空間だった。

パンフレットを購入し、順路どおりに観ていった。リアルなイヌのボクサーの彫刻があったり、針金を織り込んだような繊細な立体があったり、また人体を忠実に象《かたど》った正統派の彫像もあったりと、様々だった。ちょうど部屋の角のところに、チユキさんが上を向いて立っていた。上を向いて顎《あご》を上げ、かかとも上げて背伸びをしている、細身の裸体の女性。おかっぱの長い髪が放射状に開いて仏像の後光のようにも見える。鼻先や顎の先の形が、チユキさんそのものだった。

その像の勢いは、チユキさん像のつま先に点火したら、建物の天井をつきやぶって、ロケットのように空高く飛んでいきそうなほどだった。あのチユキさんがモデルになると、このような作品になるのかと、キョウコは感心してまじまじと彫刻を眺めてしまった。隣にある、豊満な女性の彫像と比べると、未来的な雰囲気の作品だ。彼女自身がそういうタイプなので、作家の意図と一致したのだろう。またこれを制作した作家が、七十八歳なのにも驚かされた。

キョウコはしばらくチユキさん像の前にたたずんでいたが、順路に従ってたてがみがリアルなライオン像、作家の愛猫なのか顔を撫《な》でているネコの像、トカゲ像、老女像などを観て、出口に近づいたとき、部屋に誰もいないのを見計らって、またチユキさんの像の前に戻り、もう一度、頭のてっぺんからつま先までよく観てから美術館を出た。

隣の美術館にはさっきよりも人が増え、メガホンを持った係員も増員されて、最後尾と書いたプラカードを持っている女性もいる。あまりの人気の違いにキョウコは驚きながら、駅構内に入っていった。美術館に行く人たちなのか、鼻息荒く走っているおばさんたちが通り過ぎていった。

外出したついでにと、キョウコはデパートがある駅で降り、そのまま連絡通路を通って、デパートの中に入った。目の前に広がるデパ地下は、想像を超えて豪華になっていた。ショーウインドーもまるで宝飾店のように設《しつら》えられ、美しいケーキやチョコレートが並べられている。

色の洪水とライティングでくらくらしてくる。彫刻展のときよりも何十倍、何百倍も多い人が、延々と続くフロアを歩いている。

「いらっしゃいませ。いかがですか」

ショーウインドーに目をやると、店員さんが声をかけてくる。スイーツ好きにとっては至福のフロアに違いない。スイーツだけではなく、食料品の売り場にもたくさんの人がいて、またここでもみんな並ぶのだなと思いながら、エスカレーターで一階に上がった。化粧品売り場に出てしまい、何ともいえない複雑な香りに囲まれて、キョウコはあわててその場を離れた。

隣はスカーフやハンカチなどの小物売り場になっている。春夏用の四角、長方形、バンダナサイズのスカーフ、ストールがディスプレイしてある。ああ、きれいだなと思いながらも、特に何か欲しいというわけでもなく、ハンドバッグ、財布売り場を通り過ぎて、下りのエスカレーターに乗り、デパ地下経由で駅までまた歩いていった。

消費の館《やかた》はものすごい量の品物であふれかえっていた。いったいワンフロアでどれくらいの品数があるのだろうか。

(ワンフロアの一日の売り上げで、私は一生生活できるかもしれないな)

ありえないことを想像しながら電車に乗った。都心から逆方向の車内には、キョウコを含めて数人しか客が乗っていなかった。そのうち男性三人は鞄《かばん》を手にした、仕事中の会社員で、あと一人は高齢の女性だった。そしてもう一人が自分。男性三人とキョウコは同じ駅で降り、夜通し遊んだのか、テンションが低いのか高いのかよくわからない、男女八人の若者のグループが、ホームのベンチからゆっくりと立ち上がって電車に乗っていった。

部屋には今日が賞味期限と思われる、ベビーリーフがある。それとレタス、トマト、鶏肉、ゆでたまごでサラダを作り、冷凍していたパンにチーズをのせて焼いて、昼御飯にしようと決めていたので、商店街を歩いていても買い物はしないつもりだったのに、スーパーマーケットの店頭の、ペット用品セールのポスターを見て、ぶちおが来たとき用にと、ネコ缶の三個セットを買ってしまった。ついでに発泡スチロールではあんまりなので、ぶちお用のお皿一枚と、水を入れる茶碗《ちゃわん》も一個購入した。ふだんは値段が高い部類のネコ缶だが、賞味期限が迫っているのでセールになったらしい。価格の問題もあるのか、そのネコ缶は他の缶よりも容量が少なく、この程度だったら、ぶちおの飼い主にも迷惑がかからないのではないかと、キョウコなりに遠慮したのである。結局、自分のものは何も買わないで店を出た。

キョウコは基本的に冷蔵庫の中身が品薄になってから、買い物をすると決めている。非労働者なので、安いからと買い込んで、食材を余らせて廃棄するなど、とんでもないことなのである。ただし風邪《かぜ》気味のときに、運悪く冷蔵庫の中に何もなく大変な目に遭った。だるい体でよろめきながら買い物に行った帰り、クマガイさんと会って、

「そんなときは無理をしないで、うちに来てよ。何かしらはあるから」

といってもらったので、最悪の場合は全部自分で抱え込まないで、その言葉に甘えるようにしたのだ。

アパートに近づくと、道路を渡る水色の首輪をつけたネコの姿が見えた。

「あっ、ぶちお」

声をかけるとネコはこちらを見て、尻尾《しっぽ》をゆらりと揺らした。

「遊びに来たの」

ぶちおはじっとキョウコの顔を見上げていたかと思うと、物干し場にしたために、庭という認識になった、アパートの隙間《すきま》のほうに、ささっと走っていった。キョウコが急いで部屋に入り、窓を開けるとすでにぶちおは、窓の下で待機していて、

「入る?」

と聞いたのと同時に、ジャンプして窓枠に飛び乗り、そして部屋の中に入ってきた。いつものようにふんふんと室内を嗅《か》ぎ回り、キョウコがさっきまで履いていたパンプスに、異常に執着していた。匂《にお》いを嗅いでは、ぐりぐりっとパンプスに体を押しつけて、身をよじっている。どうしてそんなに靴下や靴に執着するのだろうかと首をかしげながら、キョウコは急いで着替え、手を洗って昼御飯の準備をはじめた。

「お昼を狙《ねら》ってきたかな。すごいね。今日もチーズがあるのよ」

やっとパンプスから離れたぶちおは、

「ふう」

と息を吐いて、畳の上にだらりと横になった。まるで殿様が脇息《きょうそく》の上に肘《ひじ》を乗せ、家来に、

「早く膳《ぜん》を持て」

と催促しているかのようだった。

「今日ね、ぶっちゃんの御飯を買ってきたのよ。食べる？」

「ぶちお」から「ぶっちゃん」になったぶちおは、相変わらず尻尾を揺らしながらじっとキョウコを見ている。キョウコは急いでネコ缶を開けて皿に入れ、上にちょっとだけチーズをのせた。茶碗に水を入れて、

「さあ、どうぞ」

とぶちおの目の前に置くと、ぱっと体を起こして、チーズのトッピングもろとも、ネコ缶にかぶりついた。

「おいしい？　よかった」

キョウコはしゃがんで、ぶちおが御飯を食べるのを眺めていた。水色の首輪は前と同じだが、そこにペンダントヘッドみたいに小さなプレートがついている。顔を近づけると、「アンデ

ィ」という名前と一緒に、固定電話の番号が書いてあった。

「あら、あなた、アンディくんだったの」

洒落《しゃれ》た名前をつけてもらっているのに、ぶちおだの、ぶっちゃんだのといって申し訳なかったと、キョウコは謝った。そして最初は首輪をしていなかったのに、次に首輪、そして今回の迷子札と、アンディがだんだん重装備になっているのが気になった。飼い主は外に出るアンディが心配で、何かあったときのために、このようにしてあげているのに違いない。

一方、ぶっちゃんことアンディは、わしわしと御飯を食べ続け、あっという間に皿は空になった。

「おいしかった？」

アンディは右手でうれしそうに何度も顔をこすり、体中から「満足」という気を発散させていた。

「よかったけど、またおうちで御飯を食べたら、お腹《なか》をこわしちゃうかな。困ったね。もう上げない方がいいかな」

飼い主もアンディが御飯を食べなくなったら、とても心配するだろう。食べたら食べたで、今度はアンディの体が心配だ。

「そうだね、お水はあげるけど、御飯はやめておこうね」

残念だが仕方がない。アンディは茶碗に首をつっこみ、水を勢いよく飲んでいる。

「ふうう」

アンディはまた殿様状態になり、目をしょぼしょぼさせている。その姿を見ながら、キョウコは自分の昼御飯を作った。音がするたびにアンディの耳はアンテナのように動くけれど、目は閉じたままだ。そしてがくっと首が前に倒れたかと思うと、そのまま、

「ぐーっ」

と寝てしまった。お腹がいっぱいになったら、眠くなるよねと心の中で話しかけながら、キョウコも昼御飯を食べた。食後にコーヒーを淹《い》れ、ベッドによりかかって、彫刻展のパンフレットを眺めた。空に飛んでいきそうな、チユキさんの彫刻ももちろん載っていたが、他の作品同様、実物のほうがはるかに作品としてのパワーを放っていた。

アンディと同じように、昼御飯を食べたらキョウコも眠くなってきた。うつらうつらしていると、突然、腿《もも》の上に圧を感じた。はっとして目を開けると、そこには彼女の腿の上に両手を置き、じっと目を見つめてくる、アンディがいた。

「あら、起きちゃったの。足の上がいいの？　いいよ、おいで」

頭を撫でてやると、アンディはキョウコの伸ばした足の上に乗り、しばらくぐるぐるとその場で回っていたが、腿の上でくるりと丸くなって寝はじめた。

（あったかい……）

アンディの体温で下半身を温められたキョウコは、睡魔に勝てなくなり、頭を撫でたまま、いつの間にか寝てしまった。

ふと目を開けると一時間経《た》っていた。アンディはまだ腿の上で寝ている。頭から背中にかけて撫でてやると、

「くふー」

と小さな声で鳴いて、目は閉じたままお腹を上にする体勢になった。お腹を撫でるのは気が引けたので、頭を撫でてやったり、顎の下をさすってやったりした。アンディは相変わらず目を閉じたまま、うーんと伸びをし、そしてまた元の体勢に戻った。飼い主は心配していないだろうか、帰るのが少しでも遅くなったら、近所を探し回るのではないか。アンディはとりあえずは喜んでいるようだが、親の心子知らずと同じで、飼い主は気を揉《も》んでいるかもしれない。どうしたらいいかなあと思いながら、ずっと頭を撫でてやっていると、眠りながら、すっと頭の位置を変えた。もう十分らしい。

「ごめん、ごめん」

小声であやまりながら、キョウコはアンディが目を覚ますまで、ずっと腿の上に乗せていた。

夕方、目を覚ましたアンディは、大あくびをひとつして、特に愛想をふりまくわけでもなく、

キョウコが開けてやった窓から、外に出ていった。窓から身を乗り出して眺めていると、アンディは後ろを振り返るでもなく、さっさと道路を渡っていった。

（一度くらい振り返ってくれてもいいのに）

少し寂しくなったが、向こうにしてみれば、キョウコの部屋を訪れることは、それほど重要な問題ではなかったのだろう。

翌日の午前中、キョウコはトイレから出てきたチユキさんと顔を合わせた。

「昨日、展覧会に行ってきたの。チユキさんの像、勢いがあってかっこよかった」

「そうですか。こうやって突っ立ってたでしょう」

彼女は像と同じ格好をした。

「そうそう、私はつま先に火を点《つ》けたら、そのままロケットみたいに飛んでいきそうな気がしたけれどね」

「あはは、なるほど。たしかによく飛びそうですよね、あれは」

気になった彫像の作家についてチユキさんに聞いたところ、

「ドンさんは若くて元気なおじいちゃん」

なんだそうだ。

「同い年の奥さんのフミさんもとてもお洒落で、服は若い人向きの安売り店や、古着店で買ってるっていってましたけど、いつも二人でデニムを穿《は》いていて、かっこいいんですよ。そうだ、ちょっと待ってください」

チユキさんは、部屋からスマホを持ってきて、画像を見せてくれた。

そこに写っていたのは、赤いセーターにデニムを穿き、襟元に鮮やかな緑色の地の花柄マフラーを巻いた、姿勢のいい白髪の高齢男性だった。

「素敵な人ね」

「でしょう。こっちがフミさんです」

彼女は同じく鮮やかなフーシャピンクのセーターに、ブルーのプリントのスカーフを巻いて、チユキさんと並んで笑っている。

「フミさんはドンさんと高校の美術部で一緒で、それで同じ美大に入って結婚して、ずーっと一緒なんですよ。二人のセーターもフミさんが編んだんですって」

「へええ、それもまた素敵」

「お子さんはいないんですけどね、里親探しでもらってきたり、近くで拾ったりした三匹のワンちゃんと五匹のネコちゃんがいるんですよ。お宅も素敵なんです」

広い敷地に建つシンプルな木造の平屋で、別棟がアトリエになっている。

「ここに通っていたの」

「そうです。敷地に入ると、ワンちゃんがどーっと走ってきて、熱烈歓迎なんですよ。そしてアトリエに入ると、ネコちゃんが、いらっしゃーいって、寄ってきてくれるんです」

「仕事の邪魔はしないの」

「それがお利口さんで、ドンさんが、じゃ、はじめましょうっていうと、みんなそれぞれの好きな場所に移動して、そこでおとなしくしているんですよ。ほとんど寝ているんですけどね」

「わかっているのね」

「ええ、絶対、わかってるんです」

　ドン先生宅のかわいいイヌネコの画像も見せてもらい、キョウコは制作者の背景を知ることができた。

　チユキさんは友だちの紹介で、彫刻のモデルになった。ドン先生からの希望は、「宇宙的な女の人」だったそうで、そういわれたときに友だちの頭に真っ先に浮かんだのは、チユキさんだった。

「それもちょっと……、じゃないですか。女の人を表現するのに、他にいろいろあるのに、宇宙的って」

「それは的確な表現だと思うわよ。もちろんそれだけじゃないけど」

「ええ、着物はつんつるてんですけど、ちゃんと仲居もやってる、和風なところもあるんですけどね」

「でも子供によじ登られる」

「そうなんですぅ」

チユキさんは泣き笑いの表情になった。きっとドン先生もフミさんも、チユキさんをかわいがっていたのに違いない。

「ごめんなさい。こんな朝早くから。ありがとうございました」

キョウコが頭を下げると、彼女は、

「いえいえ、とんでもない。こちらこそありがとうございました。観ていただいて、ドンさんもフミさんも喜びます」

とにっこり笑い、部屋に入っていった。

アパートの近所ばかりじゃなくて、積極的に外に出る日も作らなければとキョウコは思った。年齢的なものもあるかもしれないが、いつも気分爽快《そうかい》というわけにはいかない。どこかけだるいし、すぐ疲れるようになった。たいした労働をしているわけでもないのにだ。しかし昨日、自分にとっては遠出をし、ふだん行かない空間に身を置いたことで、気分がしゃっきりして背筋が伸びたような感じがした。寝起きもふだんに比べてすがすがしい。とはいえ経済状態もあるので、家計簿とにらめっこしてからのことになるのだが。いいきっかけを作ってくれたチユキさんに心から感謝した。

御飯と、豆腐、野菜、海藻が入った具だくさんの味噌汁《みそしる》の朝御飯を食べ、さて今日はどうしようかと、窓の外を眺めながら考えた。ラジオの天気予報によると、昼前から強風になって天気が崩れるという。それでは商店街の店が開く頃を見計らって、食材を買い出しに行くだけにしようと、体操をしたり積んである本の中から、ぱらぱらとページをめくったりして過ごしていた。

外でがさっと音がしたので、

「ぶっちゃん？」

といいながら窓を開けた。何もいなかった。どこかでぶっちゃんこと、アンディが来るのをキョウコは待っていた。身を乗り出しても姿が見えない。まだ時間が早いしと自分をなだめながら、商店街の店が開くまで、『贅沢《ぜいたく》貧乏』を読んでいた。所有している本が少ないので、何度読み返しているかわからない。ただ文字が目を通り過ぎるときもあるし、ひとつひとつの文章が胸にぐっとくるときもある。久しぶりに古書店で文庫本でも探そうかと考えながら、キョウコはマイバッグを手に家を出た。

セロリ、人参《にんじん》、玉ねぎ、トマト、レタス、牛肉の切り落とし、卵を買い、古書店の前のワゴンで掘り出し物の本はないかと物色したが、ほとんど自己啓発本で興味は湧《わ》かなかった。

（ぶっちゃん、来てるかな）

楽しみに部屋に戻り、窓を開けてきょろきょろと見渡したが、彼の姿はなかった。昼御飯を作りながら、いつでも彼が入って来れるように網戸も全開にして、買ってきた野菜と牛肉を御飯と炒《いた》めて、またチャーハンを作っていたが、やってきたのは匂いに誘われたハエ一匹だった。

「わわっ」

あんたじゃないよといいながら、キョウコはハエを追いだし、窓の外を見てみたが、さっきと同じ光景だった。ため息をついて、お皿にチャーハンを盛り、わかめとツナとレタスのサラダを作って、食べはじめた。いつまでたってもぶっちゃんは来なかった。

「今日はチーズの匂いが、しなかったからかな」

あれこれ考えているうちに食べ終わり、キョウコはシンクに皿を置いて湯を張った。

結局、その日はぶっちゃんは来なかった。そしてその次の日も、次の次の日も来なかった。キョウコはがっかりした。丸いくりっとした目や、膝の上に乗ってきた重みや、温かさを思い出しては、

「残念！」

といいたくなった。本名はアンディくんだけど、キョウコにとってはずっと「ぶっちゃん」だった。

「私が飼い主でも、どこにいっちゃったか心配するもの」

　また気が向いたら来てくれるかもしれないと期待しつつ、『贅沢貧乏』を手に取ったが、一時間おきに窓の外を確認し、読書には身が入らなかった。

　十日経《た》っても、ぶっちゃんは来なかった。きっと外出は許されなくなり、家の中で暮らしているのだろう。キョウコは勝手にチーズやらネコ缶をあげてしまったのを後悔した。きっと不都合があったのに違いない。飼い主はどこに住んでいるのかはわからないが、

「本当に申し訳ありませんでした」

　と謝りたかった。でもあんなかわいいネコを前にして、何もあげない選択があっただろうかと、ちょっとだけ自分に甘くしてみたが、やはりそれはやってはいけないことだった。ぶっちゃんが毎日遊びに来てくれたら、最低限の用事以外、部屋から出なくなってしまうのはわかっていたので、それでよかったのかもしれない。あの子はぶっちゃんではなく、アンディなのだから。

　チユキさんは毎日、掃除に精を出していた。キョウコが部屋の外に出ると、いつも部屋の引き戸が全開になっていて、手ぬぐいを頭に巻き、かっぽう着を着た彼女が、せっせと箒《ほうき》で掃除をしていた。

「偉いわねえ」

キョウコが声をかけるとチユキさんは、

「あっ、こんにちは」

と箒を手に走り寄ってきた。

「いつもちゃんとして、私も見習わなくちゃ」

「いえ、そんなことないですよ。私、部屋を留守にすることが多いので、気を許すとすぐに埃《ほこり》が溜《た》まっちゃって。どうしてこんなに綿埃《わたぼこり》って溜まるんでしょうね。どこから入ってくるのかしら」

「本当ね。箒で掃いても掃いても、埃が集まるものね」

「もしかしたら、その原因って私ですかね」

「まあ、うーん、服を脱ぎ着したり、布団の上げ下げでも埃は出るからねえ。それはそうかもしれないんだけど」

「そうかあ。でも私がいないときは、布団を上げ下げしないし。どこからか湧いて出てくるんでしょうか。面倒くさいなあ」

「そういいながらも、毎日、お掃除して立派だわ」

「狭いからすぐできちゃうっていうのも、あるんですけどね。これが三部屋だったら、やらないかも」

キョウコも同感だった。実家の自分の部屋はこの部屋よりも広くて、休みの日に掃除機をかけるのも面倒だった。そのかわりここでは、感覚でいえば箒と雑巾《ぞうきん》を手に、くるくるっと回れば、掃除終了というのがありがたい。水回りの掃除が台所だけで済むのも楽だ。トイレやシャワー室は相変わらず、不動産屋の娘さんが掃除をしてくれているのが、ありがたかった。顔を合わせたときに御礼をいうと、

「みなさんがきれいに使ってくださっているから、私がやることなんてほとんどないんですよ」

といってくれるのも申し訳なかった。

「モデルのお仕事はしないの？」

「明日からあるんですよ。今度は絵なんですけどね」

「ドン先生とは別の方でしょう」

「そうです。外国の方みたいです。私が和洋折衷で面白いっていってくださって」

「楽しみねえ。いつになったらその絵が観られるのかなあ」

「さあ、どうでしょう。絵を描いたとしても、すべて観てもらえるというわけではないですからね。でもお仕事なので、がんばってきます」

「体に気をつけてね。ごめんなさい、お仕事中」

「いえいえ、飽きてきたのでちょうどよかったです。また掃除を続ける元気が出てきました」

チユキさんは背の高い体をきれいに二つに折って頭を下げた。

5

部屋の戸の前で、がたがたという音がする。ベッドの上のキョウコがふと窓のほうを見ると、陽《ひ》は出ているものの、いつも起きる時間よりも早いのか日射しは強くない。こんな古いアパートに、泥棒が入ることはないだろうと思ってはいるが、さすがに戸の前で物音がすると気持ち悪い。チユキさんやクマガイさんは気がついているのだろうかと、キョウコは足音をたてないようにして移動し、壁に耳を当てて両側の隣室の気配をさぐってみたが、特に物音はしない。

「私が様子を見るしかないか」

小さくつぶやいた後、戸の向こうにいる誰かに向かって、

「ゴホン」

と喉《のど》が痛くないのに咳《せき》をしてみた。「起きているんだから、まずいと思ったら、とっとと逃

げろ」という、キョウコのささやかなメッセージだったのだが、相手に聞こえなかったらしく、相変わらず音は聞こえる。

キョウコはしのび足で、シンク下の物入れから包丁を取り出して左手に持ち、それを背後に隠して音を立てないように、右手で戸をそーっと開けた。そこにはカートを引きずった一人の女性がいた。

「あらっ」

キョウコが声をあげると、女性が顔を上げた。

「あー、お久しぶりです」

日焼けしたコナツさんだった。長い髪の毛をてっぺんでお団子にして、だぼっとした半袖《はんそで》Tシャツにタイパンツ、足元はビーチサンダルだ。

「どうしてたの、元気だった？」

キョウコは包丁を戸の陰に置き、部屋の外に出た。

「どうも、本当にごぶさたしちゃって」

「あれからまた……」

「ちょっと行ってたんですけど、今はいろいろとあるじゃないですか。だからあっちこっちで入国のときに引っかかっちゃって。アジアでもヨーロッパでも、『あいつ、大丈夫か』みたいな目で見られて、大変でした」

「そうだったの。でもあなた自身に何もないからよかったけど」

「何しに来たとか、どうして一人でいるんだとか、こっちに友だちはいるのかなんて、いろいろ聞かれまくって、まあ何とかやりすごして戻って来ました」

コナツさんの顔に、少し小じわが増えたような気もする。

「とにかく無事でよかったわ」

「新聞にいろいろとニュースが出てましたからね。といっても私は、犯人側に荷担しているんじゃないかって、疑われていたようですけど」

「女性の一人旅も難しくなったわね」

「ええ、以前とはずいぶん違ってきました」

キョウコがふと見ると、コナツさんのカートの車輪の片方がなかった。

「壊れたの」

「そうなんです」

空港で荷物を受け取ってから、変な音がするなと思っていたら、駅の改札口でひっかかり、力任せに引っぱったら、車輪が取れたという。

「こんな状態で、片方が動いてもほとんど役に立たないんですよね。帰るときだったから、よかったけど」

それによって音を立てて、住人に迷惑をかけているとは考えないらしい。それがコナッさんらしいといえば、そうなのだった。

「部屋、大丈夫かしら」

「まあ、ネズミの巣窟になっているかもしれないですね。そうなっていたらこれから一緒に寝ることにします」

コナツさんは小さく頭を下げ、

「それじゃ、失礼します」

とにっこり笑って、いちばん奥の部屋に入っていった。

「ゆっくり休んでね」

「はあい」

コナツさんは振り向きもせず、前を向いたまま返事をして、ドアの向こうに姿を消した。

キョウコは部屋に戻り、パジャマ姿のまま、窓をゆっくり開けた。網戸も開けると鳥の鳴き声が一段と大きく聞こえてきた。首を出して、右、左と見てみたが、ぶちおの姿はない。

（そうだよね、外に出してもらったとしても、こんなに早い時間にいるわけないものね。やっぱりもう家の中だけで過ごすことになっちゃったんだ）

首輪、迷子札と、重装備になっていった、ぶちおことアンディ。もうあの子と会えないと思うと、心の底から悲しくなってきて、携帯で撮影した、

「ん？　何だ？」

と目を見開いた大きな顔をじっと眺めた。あの子の毛には触れられないけれど、画像を見ているだけでも心が和んだ。これほど男性を好きになったことはなかったなあと、キョウコはこれまでの自分の恋愛経験を思い出して苦笑した。

高校生のときも大学生のときも、男子と二人で会うときは、うるさい母親にはもちろん、兄にも特別話す必要はないので、

「友だちと出かける」

ということにしておいた。母は同性の友だちと遊びに行くと決めつけていたようで、

「ああそう」

ですべて済んでいた。兄は勘づいていたかもしれないが、母のほうは地味なキョウコが男子とデートしているなんて、想像もしていなかったと思う。母が望んだ偏差値の高い一流校に入れず、母にしてみたら、その一流校に比べて、校名をいうのが恥ずかしい学校に入学した娘は、とにかく何とかしなくちゃならない娘だった。学校が自分の思い通りにならなかったのであれ

ば、結婚相手は絶対に自分が選ばなくてはと考えていたようだ。娘に自分の理想の結婚相手を見つけるには、条件重視のお見合いしかなく、結婚前に男性と交際するなんて、傷がつくと考えている人だった。

キョウコは男子からちやほやされるようなタイプではなく、地味な存在だった。高校生のときにはじめてデートをしたのも、同じく地味な男の子だった。放課後、掃除当番を終え、すぐに他の子が帰ってしまい、たまたま一人で教室に残っていたら、同学年のオオバくんがやってきて、

「あのう」

といいながら、キョウコの目の前にチケットを二枚出した。キョウコの親友のマユちゃんが生徒会の副会長をしていて、彼は書記だったので、彼と同じクラスになったことも、話したこともなかったが、名前は知っていた。差し出されたのは、博物館の入場券だった。

「今度の日曜日、一緒に見に行きませんか」

彼の手が緊張で震え、キョウコの目の前でチケットが小刻みに動いていた。キョウコが驚いて彼の顔を見ると、色白で鼻が高い黒縁眼鏡の彼は、にっこり笑うというよりも、泣き笑いのような顔になっている。

「次はいつ見られるかわからない展示なんだ。ササガワさんと一緒に行きたいと思って」

キョウコは彼が好きだとか、嫌いだとかいう前に、目の前の彼の状態が気の毒になってしまい、興味もないのについ、

「面白そうね」

といってしまった。すると彼は突然、

「あのね、飛行機はね……」

と饒舌《じょうぜつ》になった。その博物館では海外の珍しい飛行機が展示され、一堂に会すという。

「へえ、そうなの」

まったく興味がないキョウコは、なるべく彼を傷つけないように、相槌《あいづち》を打つしかない。キョウコが拒絶しなかったので、OKと悟ったオオバくんは、ほっとしたような顔でにっこり笑い、

「じゃ、駅の改札で十時に」

と博物館の最寄り駅を指定してきた。キョウコは、あれっと思いながら、

「うん、わかった」

と返事をし、チケットを受け取った。

高校生の自分の周囲で見聞きした話では、デートへ誘われた場合、男の子が家の近くまで来てくれて、一緒に乗り物に乗って、デート場所まで行くのが定番だった。しかし彼は現地集合

だという。周囲は異性に対して、アンテナが立ち放題の高校生で、二人で会って後日、変な噂《うわさ》がとびかうと面倒なので、マユちゃんだけにこの話をした。

「へええ、あのオオバくんがねえ。キョウコちゃんをねえ、へええ」

ただただ驚いていた。

「そんなに意外？」

「うん、だって二人を並べてみたとき、全然、しっくりこないもん」

オオバくんは成績がよく、まじめな生徒だった。運動神経も悪くないし、すべてが中の上といった感じだった。

「眼鏡を取ったら、顔もそこそこだと思うよ。うん、あの眼鏡で損してるね、彼は。そうだ、コンタクトにしたらって、勧めたら」

マユちゃんは他人事《ひとごと》だと思って、適当なことをいう。

「やだ。どうして私がそんなことといわなくちゃいけないの」

「だって彼女になるんでしょ」

「だからさ、相談してるんじゃないよ」

マユちゃんはくすくす笑っていたが、まさか彼があなたに好意を持っていたとはと、何度も繰り返した。

「でもさ、現地集合っていうのは、男としてちょっとまずいよね。それじゃ、女心はつかめないなあ」

マユちゃんだって彼氏がいるわけでもないのに、

「私は耳年増の恋愛の大家だから、まかせて」

と胸を張った。キョウコがずっと通学バッグの中に入れたままにしている、チケットを取り出して眺めていると、マユちゃんは、

「いいじゃん、一度くらいだったらかまわないんじゃないの」

という。

「それはそうなんだけど」

「何でも経験だからさあ」

マユちゃんは、あははといってキョウコの肩を叩いた。

キョウコは何の興味もない飛行機を見るはめになった。男子と二人で会うとなると、胸がときめいたりするものだが、不思議なくらいどきどきしなかった。それよりもいったいどうしたらいいのかと、心配が先に立ってしまい、電車に乗っていたら胸苦しくなってきた。最寄り駅につくと、改札口に切羽詰まった顔のオオバくんが立っていた。いつもよりも顔色が白く見える。制服のときは感じなかったけれど、紺色のポロシャツにジーンズ姿の彼は、ふだんよりも

もっと地味に見えた。

人混《ひとご》みのなかからキョウコの顔を見つけたオオバくんの顔は、ぱっと明るくなり上気した。うれしいのとほっとしたのが合体したような表情だった。何かいわれるかと思ったら、彼は、

「じゃあ、行きましょうか」

とキョウコの前をすたすた歩いていった。

その日、キョウコはずっと彼の後を歩いていただけだった。彼は展示してある飛行機の部品や、機体に関してとても丁寧な説明をしてくれた。それを聞いたそばにいたおじさんたちが寄ってきて、

「きみ、すごいな」

と感心していて、おじさんたちのアイドルにはなっていたが、残念ながらキョウコのアイドルになるのは難しかった。

博物館内の喫茶室でコーヒーを飲んでいる最中も、ずっと飛行機の話をしていて、結局、現地解散だった。翌日の月曜日、マユちゃんにその話をすると、

「何だそりゃ。オオバ、使えないなあ」

と呆《あき》れていた。その次は映画に誘われた。恋愛ものでも何でもない、近未来SFアクション映画だった。帰りにお茶を飲みながら、

「どんな映画を観たい？」

と聞かれたので、キョウコが必死に自分の好みと彼の好みとを考え、

「ブレードランナー」

と答えたのに、彼は、

「ふーん」

といったきり黙ってしまった。一瞬、

（あれっ？）

と思ったけれど、しまった会話が途切れたとも感じることなく、キョウコは目の前のコーヒーにまたミルクを注いで、ぐるぐるとスプーンでかき回していた。その後も、「ブレードランナー」ではない映画を観に行った気がするが、いつも現地集合、現地解散だった。一見、おとなしそうなオオバくんが、「黙っておれについて来い型」の男子だったのも意外だった。映画の帰りに喫茶店で雑談をしていても、自分の得意分野に関しては、キョウコに延々と説明し、いろいろなことを教えてくれた。素直に詳しく様々なことを知っているのだなあと、キョウコは感心した。ところが今、流行《はや》っている事柄についてキョウコが話をはじめると、急につまらなそうな顔になり、気のない返事をしているのがありありとわかった。そして、

「ねえ、これ知ってる？」

とキョウコが興味のない零戦の話をはじめ、目を輝かせながら講義がはじまるのだった。喫茶店で向かい合って、彼の講義を拝聴するだけで、デートらしい行動はひとつもなかった。楽しくないので、キョウコは彼に会う気持ちもなくなり、次に誘われたらどう断ろうかと気を揉んでいたが、幸い、相手も同じように思っていたらしく、オオバくんからのお誘いはなくなった。

「これって振られたのかな」

キョウコがマユちゃんにたずねると、自称、耳年増の恋愛の大家のマユちゃんは、

「それは違う。それ以前の問題」

ときっぱりといった。家にも送ってもらわなかったし、手もつながなかったので、交際したといえるような状態ではなかった。

大学生のときの人とはそれなりの大人の付き合いになったが、会うたびに「おれのいうことをきいていればよい臭」が漂ってきたので、二年ほどで付き合いをやめた。キョウコが別れを切り出すと、

「おれと別れると一生後悔するぞ」

といわれ、どういう意味かと首をかしげたが、未《いま》だにわからない。彼らには申し訳ないが、彼らに対しての何倍もキョウコはぶちおとの再会を望んでいた。顔を見て体にも触りたい。し

かしその可能性はほとんどなくなっていた。

　こんな娘の姿を見たら、母はますます呆れるだろう。というか、すでに見限られているのだけれど。会社をやめて結婚もせず、古い倒れそうな木造アパートに住んで、よそのお宅の飼いネコの来訪を待ちわびる中年女。自分でもそれだけの情報を伝えられたら、どこか陰気で不幸そうな女性をイメージするが、それが今の自分なのだ。自分では不幸だとも陰気だとも思っていない。

　世の中のイメージというのは、恐ろしいものだ。以前勤めていた、社会的に名前が通っている会社で働いているというと、実際は会社の人間関係や仕事で疲弊していたのに、優秀で溌剌《はつらつ》とした女性のように誤解される。そのときに比べれば、収入はゼロになったにせよ、はるかに体調もよくなって、精神的には満足しているのに、気の毒な人生を送っているかのように思われる。社会というか人が無意識のうちに決めている、年齢と仕事とか、住居の広さとか、それからずれていると、不幸だといわれる。人間の心は昔のまま進歩もなく、枠に入れたり、枠に入っていると安心といった感覚のままなのだ。

　これまでまったく頭の中に浮かんでこなかった、過去のデートを思い出したりして、どうかしているのかしらと、キョウコはまたベッドの上に横になった。網戸は閉めたものの、窓は開け放ったままで、ぶちおの来訪を待った。あきらめが悪いと思いつつ、もしも窓が閉まっていたら、せっかくやってきたぶちおが、がっかりして帰ってしまうのではないかと思った。しばらく体を窓側に向けて、姿を見せない恋人を待っていた。頭の中にロミオとジュリエットが浮かんだ。

「あのぶちおがロミオか……」

思わず笑ってしまったが、中年の自分のジュリエットも相当変だ。こんなジュリエットだったら、ロミオもわざわざ会いに来たいと思わないかもしれない。そんなことを考えているうちに、また寝てしまった。

一時間半ほどして目が覚めた。キョウコは体を起こして伸びとあくびをして、パジャマを脱いだ。パンツとTシャツに着替えようとして、頭からかぶろうとすると、紺色のTシャツに小さな穴が開いていた。インディゴ染めの、着ていると体が楽に感じるTシャツで、実家にいたときから着ていた。母はキョウコがこのTシャツを着ると、

「汚らしいわねえ。そういう色は男の人の色でしょ。制服ならまだしも、年頃の女の人が着る色じゃないわよ」

と嫌がった。嫌がっていたから余計に着ていたふしもあるが、とうとう限界がきたかと思いつつ、こんな小さな穴だったら、外に着て出なければいいので、大好きなTシャツだし、家の中だけで大事に着ようと、そっと頭をつっこんだ。パンツはクマガイさんからもらった、生成《きなり》

のコットンパンツがほどよくこなれていて穿きやすく、穿くと丈がやや短めになるのも妙に今風で気に入っている。

朝御飯を作ろうとシンクの前に立つと、

「すみませーん」

と戸の前でコナツさんの声がした。

「はあい」

戸を開けると、早朝に顔を合わせたのと同じ格好で、コナツさんがぼんやりと立っていた。

「さきほどは失礼しました」

彼女が何もいわないので、キョウコのほうが口を開いた。

「いえいえ、こちらこそ失礼しました」

ぺこりとお団子頭を下げた彼女の手には、封筒が握られていた。

「どうかしました？」

「こんなものが、部屋の中に差し込まれてて。面倒くさいな」

頭を掻《か》きながら彼女がキョウコに見せたのは、役所からの呼び出しというか、何度も足を運んだのに、いつもいなかった。ぜひお話をうかがいたいという内容の手紙で、役所の担当者の名前はタナカイチロウだった。

「あ、タナカさん」

「ササガワさんの知ってる人ですか」

「この人、昔、私のところにも連絡をしてきて、どうして働かないのかって、何度もしつこくいってくるから、うんざりして役所に行って話をしたのよ」

「あー、そうなんですか。これまで完全に無視してきたからなあ。前に帰ったときに見たのが、半年前の日付の手紙だったんで」

彼女は職業が旅人なので、ほとんどこのアパートにおらず、運よく彼とは連絡が取れずにすんだ。彼にしたら、こちらに出向いてきてもいつも不在なので、話の聞きようがない。しかし今回はタイミングが合ってしまった。日付を見たら三日前になっていて、敵はふたたび活動を開始したらしい。なのに、うちには来なかったなあと、キョウコは再び手紙に目を落とした。

「どうしたらいいですかねえ」

「出かける予定はないの」

「海外に行くのはちょっと厳しいので、しばらくこっちにいて、バイトしようかなって思ってるんです」

「それじゃ、そういったらいいんじゃない。あちらは何だかんだいっても、働いて少しでも納税して欲しいわけだから、歓迎されるわよ」

「えー、そいつを喜ばせるために、働くわけじゃないし」

「それはそうだけど、これからアルバイトをする予定ですっていえば、大丈夫よ。それ以上、何もいわないと思うわ」

「そうですかねえ。ふーん、じゃあ、そのタナカっていう人に電話してみます。ササガワさんのとこにも来たんだったら、うちにも来ますよね。ふーん、そうか、ありがとうございました」

コナツさんはまたぺこりと頭を下げて、ビーチサンダルをひきずるようにして部屋に戻っていった。

眠そうな顔をしていたが、時差ボケで眠れないかもしれない。おまけに寝るのはあの手作りベッドである。キョウコは最初に彼女の手作り部屋を見たときの衝撃を思い出しながら、若いときはいいけれど、そろそろ彼女も、あの部屋に住むのがきつくなってきたんじゃないかなと他人事ながら気になった。なにしろ部屋というよりも、手作りの寝台があって、その周囲を物入れの棚が囲んでいるという具合で、とにかくベッドの上しか足を伸ばせるところがないのだ。ほとんど部屋にいないので、虫や小動物が出入り自由になっているのではと心配にもなった。

そうかコナツさんはアルバイトをするのかと、キョウコは冷凍しておいた御飯を、鍋《なべ》で蒸しながら、ぼーっと考えていた。どんなアルバイトをするのかな、自由気ままに世界中を旅行してきたお嬢さんが、ちゃんとお勤めできるかな、など、自分だって貯金を食いつぶして生活しているのに、余計なことまで考えた。たしか彼女の部屋は、部屋としての物件ではなく、倉庫を自分で改造して住んでいるので、賃貸料も八千円といっていた。倉庫なので水道もつながっていないし、台所もない。食事も全部外食だといっていたっけ。

「あそこで暮らすのは辛《つら》そうだな」

キョウコは温め直した御飯を茶碗によそい、小松菜、人参、キャベツ、ジャガイモ、油揚げ、わかめと、味噌汁《みそしる》の具として許されるものをすべていれたような、具だくさんの味噌汁とで朝食を済ませた。ちらりちらりと窓の外を眺めていたが、愛するロミオは姿を見せなかった。

午後、チユキさんが、

「またしばらく留守にします」

と挨拶《あいさつ》しに来てくれた。地方で若い美術作家のための展覧会とグッズ販売のイベントがあり、今夜、夜行バスで出発するのだという。

「私は手伝いなんですけど、十日間、近くの空き家《や》を借りて生活するんです。とてもじゃないけど、ホテルなんて名前の付くような場所には泊まれないので」

「そういうのって、ほとんど持ち出しになるんじゃないの」

「グッズの売り上げ次第でしょうけれど、私のバイト代はないものと思ってるので、まあ、そうですね。持ち出しです」

　チユキさんは、あははと笑った。

「そうだ、でもあなたは大家さんでお大尽だものね」

　彼女は亡くなったおじいさんと住んでいた家を立ち退《の》いたので、その見返りに近くのタワーマンションの一室をあてがわれ、それを人に貸しているのだ。

「やだ、そんなんじゃないですよ。でもね、この間、二か月分、家賃が振り込まれなかったらしいんです。不動産の担当の人が、『単純に忘れていただけならいいんですけど、これが習慣化すると、まずいですねえ』、なんていって、ブラックリストまではいかないけれど、要注意リストに入れちゃったみたいです。そんな人たちには見えないから、きっと忙しくて忘れただけだと思いますけど」

　彼女はまっすぐな長い髪の毛を揺らしながら、きっぱりといった。

「そうね、ひと月なんてあっという間に経つから、そういうこともあるわよね」

　キョウコはそういいながら、以前、同じ部屋を友だちに貸していたとき、チユキさんが家賃を踏み倒されたといっていたことを思い出した。彼女はお金のことよりも、信頼関係が崩れたことをとても悲しがっていたのだった。

「何かしておくことがあったら、いってね」

キョウコの言葉にチユキさんは、

「え、いえ、そんなこと、ササガワさんにお願いするのは申し訳ないから……」

と遠慮した。

「いいのよ。私はずーっとここにいて、みんなの留守番みたいなものなんだから、いいわよ、何でもいってちょうだい」

「そうですか。すみません。あのう、これから梅雨に入るので、閉めきっていると湿気が心配で。すぐカビが生えちゃうんじゃないかと思って。あのう、本当に天気がいい日だけでいいので、窓を開けていただけますか。本当にできたらでいいんですけれど」

胸の前で拝むような手つきをされたキョウコは、

「ああ、いいのいいの、大丈夫だから、そんなに気にしないで」

と恐縮するチユキさんに、出かける前に鍵《かぎ》を預かる約束をして、いちおう別れた。戸を閉めると、

「あー、こんにちは。久しぶりですね」

とコナツさんとチユキさんが同時に声を挙げた。二人はしばらく雑談をしていたが、

「それじゃ」

という声がして、隣室の戸が開閉する音がし、コナツさんの足音は出口に向かって遠ざかっ

ていった。クマガイさんの部屋からは小さくテレビの音が聞こえている。久しぶりにれんげ荘のメンバーが勢揃《せいぞろ》いし、それぞれの生活がはじまった。

夜、チユキさんから鍵を受け取ったキョウコが、そろそろ晩御飯を作ろうかと考えていると、戸の向こうから、

「すみませーん」

と声がした。コナツさんの声だった。

「いろいろとありがとうございました。今日、タナカさんに電話しました」

戸を開けるなりコナツさんから御礼をいわれた。

「あら、そう。アルバイトをするっていったら、問題なかったでしょ」

「はい。最初は、いつも連絡がつかないとか、ふだん何をしているのかとか、生活はどうしているのかとか、あれこれ探られたんですけど、海外での生活を繰り返していたけれど、しばらくはここにいて、アルバイトで生活しますっていったら、『あ、わかりました』で終了です」

「やっぱりね。そうなのよ。でもよかった、話がこじれないで。私なんか何度も電話がかかってきて、いくら話をしてもいつも同じことしか聞かないの。役所に出向いてやっと納得したみたいだけど、しばらくしたらまた来ると思うわ。まだ働かないんですかって」

「余計なお世話ですよね。人それぞれの人生なんだから、あんたにあれこれいわれる筋合いは

ないっていうんですよ」

コナツさんは一瞬、むっとした顔をしたが、すぐににこっと笑って、

「これ、御礼です」

と小さな温かい白い包みをキョウコに押しつけた。

「えっ、いただいていいの。私、何もしていないのに」

「私も同じのを買ったんです。よかったら食べてください。それじゃ、おやすみなさい」

キョウコが御礼をいう間もなく、コナツさんは戸を閉めて部屋に戻っていった。中を開くと、小さな今川焼きが二個、入っていた。夜、御飯を食べたうえにこれを食べるのは、ちょっときつい。

「今日の晩御飯はこれかな」

キョウコはブロッコリー、人参、アスパラガスで蒸し野菜のサラダを作り、炭水化物は今川焼きで済ませることにした。湿気が多くなり、汗がじんわり出てくるようなこの時期は、少し塩気の多いものも食べたくなるので、アンチョビを乗せて、その塩気でサラダを食べた。そしてその後、今川焼きである。

「塩気と甘味のコラボだ」

ふだんはケーキなどのおやつの類《たぐい》は買わないので、今川焼きは新鮮だった。一個は定番のつ

ぶあんで、もう一個は抹茶あんだった。まずはつぶあんを手に取った。久しぶりに甘い物を食べると、幸せな気持ちになった。

「みんないい人だな」

と思わずつぶやいた。窓の外にはぶちおの姿はない。もういい加減、ぶちおのことは忘れようと、キョウコは心に決めた。

「あんた、しつこいよ」

たかがネコ一匹で、どうしていつまでも、みじめったらしくしてるんだと、自分で自分を叱《しか》った。いいの、3Dじゃないけど、ぶちおはここにいるからと、キョウコは携帯の画像をじーっと眺めながら、抹茶あんの今川焼きを食べて、悲しい気持ちを中和させた。

6

「失礼します」

住人のチユキさんはいないのだけれど、他人の部屋に入るときは、つい口から出てしまう。

チユキさんの部屋の真ん中には、ちゃぶ台がひとつ、でんと置いてあり、その他には古びたタンスがひとつ。壁には絵画や彫刻などの展覧会のフライヤーが貼ってあり、畳の上には図録などが五〇センチほどの高さに重ねておいてある。家電らしきものは独身者用の小さな冷蔵庫と、電子レンジしかない。閉めきっているのに、どこか室内の空気はすがすがしく、キョウコは自分の部屋の空気が濁っているような気がしてきた。

「住人が発しているものが、影響しているのかしら」

キョウコは苦笑いしながら窓を開けた。草の匂いのする風がさあっと中に入ってきた。

十日後、チユキさんが帰ってきた。気を遣わなくていいのに、漬物のおみやげを持ってきてくれた。

「お手数をおかけしました」

小さな袋なのが、一人暮らしにはより助かる。イベントでグッズを売っていて、もしも余っていたら買ってあげるといってあげればよかったわと、キョウコが話すと、彼女は、

「あのう、実はちょっとあるんです。買っていただくなんてとんでもないので、もしよろしければ差し上げたいので、ご覧になりますか」

という。キョウコは、

「はいはい、拝見しますよ」

と財布を手に、歩いて五歩のお隣の部屋に入っていった。

「失礼します」

「本当に何もなくて殺風景でしょう。盗《と》られるものなんてないんですよ」

古びた趣《おもむき》のあるタンスは、お祖父《じい》さんが遺っていたものを、友だちが撮る映画の撮影用にと貸し出していたのが、戻ってきたのだという。

「このお部屋、すがすがしいわね。ふだんちゃんとお掃除しているのがわかったわ。私の部屋と空気が違うから、住んでいる人の違いかと思って。やっぱりおばさんと若い人と、体から出るものが違うでしょ」

「やだあ、そんなことないですよ。掃除は祖父がきれい好きだったもので、それを真似《まね》していたら、習慣になっただけなんです」

「それが偉いわよね。私なんか実家に住んでいたとき、平日は何もしないで、休みの日に気が向いたら、まとめて物を片づけるっていうふうだったもの。日々やらないとだめね」

「溜めるとあとが面倒くさいですからね。そうそう、これなんですけど……。気に入ったものがあれば、どうぞお持ちください」

チユキさんは部屋に置いてあるダンボール箱を持ってきて、ちゃぶ台の前に座ったキョウコの前に置いた。

「いただくなんてとんでもない」

「いえ、本当に売れ残りで申し訳ないんですけど、差し上げます」

Tシャツはすべて売れて、マグカップが余ってしまったといいながら、彼女はちゃぶ台の上に八個のカップを並べた。

「ネコブームだからって、ネコを多めに作ったら、それは全部売れちゃったんですよ。でも他の柄が余ってしまって」

「そんなにネコの柄が売れたの？」

「ええ、そんなに作ってどうするのって、みんな呆れてたんですけど、お客さんはまず、ネコの柄から手に取って、ほとんどの人が買っていくんです。縞柄《しまがら》とか、ぶちとか、いろいろな柄のネコが描いてあったんですけど、うちのネコや、御飯を食べにくる外ネコに似てるとかいってくださって。本当にあっという間になくなったんです」

「へえ、すごいわねえ」

「びっくりしました。こんなにネコ好きの人がいたのかなって。それでこういうのしか残ってなくて」

細い線で梅の花を描いたもの二個、大きな市松模様二個、ぼーっとした顔で穴から体を出している五匹のチンアナゴ一個、おかめとひょっとこが、笑いながらゴルフをしている図一個、足が五本ある謎《なぞ》の恐竜のような生き物一個、てへっと頭を叩いている、Yシャツにズボン姿のはげおやじの図一個。梅の花のカップ以外はサインペンで描いたような、イラストタッチのものだった。それでもどのカップも、それぞれ個性的だった。

「どれも面白いわねえ」

「そうなんです。結構、身内で楽しんでお互いに買っちゃったりしてるから、いつまでたってもお金にならないんですよね」

チユキさんはすっと立って、お茶を淹れてくれた。

「どうぞおかまいなく」

音もなく目の前に茶托《ちゃたく》に乗せられた染め付けの茶碗が置かれた。煎茶《せんちゃ》の緑色と相俟《あいま》って、美しい色合いだ。

「素敵ね、このお茶碗」

「地方でたまたま入った古道具屋さんにあったんです。揃いじゃなかったから、とても安くて」

「ううん、値段は関係ないわ。とてもいい感じのお茶碗だもの」

「そうですね、いい感じっていうのが大事ですよね」

キョウコは目の前のマグカップを、かわりばんこに手に取りながら、

「どれがいいかしら」

と悩んだ。面白い物も好きなので、おやじもいいかと思ったのだが、どうしてもその柄がある器に、くちびるを付ける気にならず、泣く泣くあきらめた。それを聞いたチユキさんは、

「そうですよね、このおやじの絵に自分の口をつけるかと思うと、やですよねー、やだー。これを作ったのは男の子なので、そういう気持ちがわかんないんですよね、きっと」

「でもこういう柄って、面白いから人気があるじゃない」

「ええ、売れてました。これが残りの一個でしたね。気に入ったものがありましたか」

「チンアナゴはかわいいな」

「あはは、たしかに。いったい何を考えてるんですかね。きょとんとした顔して」

「そうなの、憎めないのよね。見るとつい、笑っちゃうもの。それとね、おかめとひょっとこがゴルフやってるの」

「えーっ、本当ですか。ありがとうございます。作った子が喜びます。この子、こういった感じのものばかり作っていて、コアなファンはいるんですけど、どうも大々的には売れなくて」

「コアなファンがいればいいじゃないの。大衆に受けるのだけがいいわけじゃないもの」

「キョウコさんもそのコアなファンの一人だったわけですね」

「うん、緻密《ちみつ》な職人仕事も好きなんだけど、こういうのも好きなのよねえ」

チユキさんはくすくす笑っている。

キョウコがお金を払うといったのに、チユキさんはくれるという。それではだめだとキョウコが説得して、やっと半額で売ってくれることになった。

「申し訳ありません。ありがとうございました」

チユキさんは畳の上で三つ指をついてお辞儀をした。

「やだ、やめて。私が気に入って買わせていただいたんだから。私のほうは得しちゃったけど」

一件落着して、二人は煎茶を飲んで、同時にふうっと息を吐いた。何も相談しないのに同時に窓の外を見て、

「空が青いわねえ」

「青いですね、真っ青ですね」

とつぶやいた。同じ窓から見える空でも、春夏秋冬で少しずつ色合いが違う。夏の空は少しの柔らかさもない、プラスチックのようなきっぱりとした「青」だ。会社に勤めているときは、会社の窓から見えるのは、ただの空だったのに、こういう生活をするようになってからは、当時の空とは、空が違って見える。

「目の前の空に意味があるっていうか、他にすることがないからなのかもしれないけれど、ず

ーっと見ていても飽きないのよね。中学生のときだったかな、『おうい雲よ　ゆうゆうと馬鹿にのんきそうじゃないか　どこまでゆくんだ　ずっと磐城平《いわきたいら》の方までゆくんか』っていう詩を習って、そのときは何だ、これって思ったんだけど、今はそういいたくなる気持ちがわかるようになったのよね。窓がフレームになって、ぼーっと眺めていると、雲がさーっと流れていったり、たまっていたりして、たしかにそういいたくなるなって。この歳《とし》になってやっと山村暮《ぼ》鳥《ちょう》の気持ちがわかるようになったなあ、こんな小さな窓からだけど」

「あー、習った記憶があるような、ないような」

チユキさんは首をかしげた。しばらく考えていた彼女は、

「もうお勤めもないんですから、一度、ぱーっと旅行に行くっていうのはどうですか。目の前が目一杯、空っていうか、海でも山でも、いいんじゃないでしょうか」

という。

「たまにはね。旅行もしたいな」

「そうですよ。気分転換、気分転換。国内旅行でいいじゃないですか、といっても今は海外のほうが安かったりしますけどね」

「そうそう、ちゃんと調べないとね」

キョウコは礼をいってマグカップを二個抱えて部屋を出た。

部屋に戻ってマグカップをあらためて眺めた。チンアナゴと、おかめとひょっとこ。自分はこれらのカップが本当に必要だったのだろうか。もしかしてチユキさん相手に見栄《みえ》を張って、必要がないものを買ってしまったんじゃないのと、自分に反省を促した。コーヒーカップ兼ティーカップは持っているけれど、実家から持ってきたもので、新しくしたいとは思っていた。

「だけど二個買う必要はあったのか」

キョウコはじっと二個のカップを眺めながら、自問自答した。迷わず決めたのは、チンアナゴだったが、おかめとひょっとこのゴルフは、二人の笑顔から目が離せなくなってしまった。チンアナゴは心が和み、おかめとひょっとこのほうは、見るたびに笑いがこみ上げてくる。自分の生活を顧みたら、手持ちの一個を替えたいのだったら、一個しか買うべきではなかった。もしかしたら無駄だったのかもしれないが、キョウコはおかめとひょっとこが気に入ってしまったのである。

心の底ではチユキさんに対して、いいとこを見せたかったところもあるかもしれないが、同じ屋根の下に住んでいるのだから、自分でできることだったら、助けてあげたい。彼女は大家さんなので、毎月の取り崩し金、十万円のキョウコよりは月々使えるお金は多いかもしれないけど、多寡《たか》の問題ではない。気持ちの問題なのだ。これで自分の生活がままならなくなるのは問題だが、自分でも驚くほど、計画通りに貯蓄が減っていて、使いすぎてあせったということはなかった。おみやげに漬物もいただいたし、これで日々の御飯にも変化がついて、食事の楽しみが増えた。

「それで相殺《そうさい》ということで」

キョウコはマグカップを洗い、棚の中にしまった。

翌朝、キョウコは、トイレから出てきた、高島ちぢみの大胆なプリントのパジャマを着たクマガイさんと、ドアの前で鉢合わせした。

「私、チユキさんから、はげおやじのカップ、買ったのよ」

とクマガイさんは笑った。キョウコは、ええっと驚きつつ、

「イラストは気に入ったんですけれど、おやじのカップに口をつけるのは、どうしてもできないなあってあきらめたんですよ」

といった。

「あー、あはは、あのイラスト、面白いじゃない。そうか、そういう考え方もあるのね。全然、気がつかなかった。あははは」

クマガイさんは豪快に笑い、

「お先に失礼」

と部屋に入っていった。キョウコは、

（そうか、あのカップはクマガイさんが買ったのか。ともかく在庫がはけてよかった）

と思いながら、用を足して自分も部屋に戻った。しばらくすると部屋の外の右手から鼻歌が聞こえてきて、トイレのドアを開閉する音が聞こえた。コナツさんが起きてきたようだ。

トーストとベーコンエッグとサラダの、洋風の朝食を食べ、キョウコは食休みと称してぼーっとしていた。ふだんは和食なのに、気温が高くなってくると、洋食を食べたくなる。理由はわからない。わかっているのは、以前よりも食べたいと思う量が減ってきたことだった。二十代、三十代はトースト二枚、ベーコンエッグも卵が二個というのが普通だったのに。ついこの間、夜、電話で、マユちゃんとそんな話をしていたら、

「食べる量が減るのならいいわよ。私なんか歳を取って代謝が落ちたうえに、食欲が減らないんだから。その結果はどうなるかわかるでしょ。もうお腹まわりが大変なことになってるわよ」

と嘆いていた。まあ、自分が動ける量に合わせて、食べる量も自然に減っていくということなのだろう。マユちゃんは仕事でストレスが溜まって、食欲に向かってしまうのではないかと思ったが、口に出してはいわなかった。

昔に比べてちんまりとした食事だが、それでも一日動くのには問題がない。気温が高くなると洗濯物が早く乾くのでうれしい。洗濯機がないので、すべて手洗いだが、水の中に手をつっ

こんでいるのも気持ちがいい。まだチユキさんは寝ているようだったので、物音を立てないように、物干し場に洗濯物を干し、部屋の掃除をはじめた。戸を開けて部屋を箒で掃き、引き戸を開けて出入り口も掃除していると、鼻歌とサンダルを引きずる音が聞こえてきた。コナツさんがふわっとした白いコットンのチュニックの下に、バティック柄のパンツを穿き、外股《そとまた》で歩いてきた。素足に革のサンダル履きだ。

「おはようございます」

キョウコが挨拶をすると、

「おはようございいっす」

とコナツさんがにこっと笑った。

「バイト?」

「そうです。行きたくなくて。やっぱり働くのって合わないみたい。でもしょうがないっすよね。がんばって行ってきます」

「はい、いってらっしゃい」

彼女は小さく頭を下げて、外股のままアパートを出、そこで立ち止まって、ぼわーっと大あくびをした後、駅のほうに向かって歩いていった。これまで気ままに旅行ばかりしていたから、働くのに慣れるには時間がかかるだろう。もしも慣れなかったら、そのときにまた考えればいいいわよと、心の中でコナッツさんに声をかけた。

「あっ、おはようございます」

チユキさんが起きてきた。タンクトップにショートパンツ姿である。すらりと伸びた手足が、信じられないくらいに細くて長い。もしも自分がそんな格好で寝たら、翌朝、肘や膝が冷えて大変なことになるだろう。

「おはようございます。昨日はありがとう。さっきクマガイさんから話を聞いたわ」

「そうなんですよ。クマガイさんも買ってくださったんです。あのはげおやじを」

「よかったわね。少しでも捌《さば》けて」

「助かりました。イベントをやった友だちも喜びます」

チユキさんは何度も頭を下げながら、トイレに消えていった。キョウコはひととおり掃除を終え、風を通すために少しだけ戸を開けて、手を洗った。ちらちらと窓の外を見てみるけれど、愛《いと》しのアンディーはもう来ない。

「いいかげんもうあきらめよっ」

自分の気持ちにけりをつけるように声を出し、ラジオのスイッチを入れ、コーヒーを淹れてひと息ついた。

コーヒーの香りを嗅ぎながら、ぼーっと空を眺めた。耳にはラジオ番組が流れてきて、老人は幸せよりもお金が欲しいと思っている人が増えたというアンケート結果を報じていた。

「昔はお金よりも、小さな幸せのほうがいいといっていた人が多いような気がするんですが」

パーソナリティーの男性はそういっていたが、若い人の考えだけではなく、老人の考え方も変わってきたのだろう。キョウコの生活は明らかにサイズダウンもいいところである。働いているのならまだしも、完全に無職、無収入である。会社をやめたときは、耐えられるとか、耐えられないとか、考えなかった。決行するしかなかった。いざやってみると、意外なほど快適だった。みじんも働きたいと思わなかったのは、自分でも不思議だった。生来、怠《なま》け者の質《たち》だったのかもしれないし、会社であまりにこき使われたので、こりごりだったのかもしれない。

今の生活になってよかったことを考えてみた。寝付き、寝覚めがとてもよくなった。体調がよくなった。妙な汗をかかなくなった。目の下のくまがなくなり、老けた感じが薄れた。それによる仕事相手の印象をよくするための化粧をしなくてよくなった。服装や靴も窮屈なのを身につけなくてよくなった。会社の嫌な奴らと一生、付き合わなくてよくなった。母と顔をつきあわさなくてよくなった。次から次へと出てきた。

その他、蚊や羽虫というものは、室内に入るために網戸の隙間から必死に入ろうとするとか、ゴキブリは適切な処置を施せば、あっという間にいなくなるとか、寒いときはダンボールや新聞紙で暖が取れるとか、化粧はしすぎないほうが肌がきれいになるとか、肌にあれこれ塗りたくるより睡眠が大事とか、学んだことがたくさんあった。どれも最初はびっくりしたが、後から思えば面白い出来事ばかりだ。ずっと快適な実家に住み続け、クライアントを夜の六本木で接待して、その御礼にと高価なバッグやアクセサリーをもらったりしていたら、一生わからなかったことが、たくさんあった。他人どころか身内である母からもいわれたけれど、「あんなところに住んでかわいそう」「働かないでよく平気ね」「歳を取ったらどうするつもりなのか」といった言葉は耳の穴を通過させ、生活ランクを落としたことで、逆にそんな生活を楽しめるようになったのは事実なのだ。でもそういうことを理解できない人たちは、やせ我慢などというに違いない。

ディスコでかっこいい男性が踊っているのを見るよりも、網戸の隙間から必死にもぐり込もうとする、根性のある羽虫を見ているほうが、ずっと面白い。コナツさんじゃないけれど、もともとああいう派手で嘘《うそ》と欲にまみれているけれど、もらうお金は多い職場で働くのに、向いていなかったのだろう。しかし今の自分の状態では、どこの職場でも働けないような気がする。社会に対応できないのも困るし、取り込まれるのもいやだ。ほどほどに距離を取って、のんびりやっていきたいというのが、

「私の希望ですけどね」

とキョウコはつぶやいた。窓の外を大きなカラスが鳴きながら飛んでいった。アパートの横

の電柱にでも留まったのか、しばらくの間、かあかあと鳴き声が聞こえてきた。

ラジオではすでに他のテーマに移っていたが、自分が老人になったときの、幸せって何だろうかと考えた。このアパートも老朽化しているから、いつまで住めるかわからないけれど、毎月の貯金からの取り崩し額が決まっている身としては、ここに住めなくなっても、同じ金額で住める場所を選ぶだろう。この街は好きで決めたけれど、地方にはここの家賃と同額で、住めるところはたくさんあるはずだ。今の人間関係がなくなるのは悲しいけれど、ここよりも住環境はよくなるだろう。東京よりもずっと景色がいいところも多いだろうし、通勤を考えて住居を選ぶ必要がないのはすっきりしていい。どこにいってもどこに住んでも自由なのだ。

「コナツさんも大丈夫かな」

さっき見た表情が暗かったので、キョウコは少し心配になった。

夕方、洗濯物を取り込む前に、水にハッカ油を十数滴垂らしたものを、体に噴霧して外に出た。市販の蚊よけスプレーが肌に合わないので、どうしようかと悩んでいたら、ラジオでハッカ油が蚊よけになると聞いて、ドラッグストアで購入し、その二軒となりの百均で小さなスプレーを買ってきて作ったのだ。蚊も気温が高い時間帯は休み、こちらが快適に感じる時間帯になると、ぷい〜んとやってきて吸血しようとする。本当に腹が立つ奴らである。

急いで洗濯用ハンガーを物干し場のポールからはずしていると、隣の窓からクマガイさんが、

「そろそろ蚊が出てくる時間ね」

と声をかけてきた。

「そうなんですよ。いちおう蚊よけスプレーを吹き付けてきたんですけどね」

すると彼女は、

「ごめんね、煙たいかもしれない」

といいながら、煙が立ちのぼっている蚊取り線香を窓のところに掲げ、団扇《うちわ》で外めがけて扇《あお》いでくれた。

「煙たい？　大丈夫？」

「大丈夫です、ありがとうございます」

キョウコは礼をいい、急いで部屋に戻った。「ありがとうございました。食われないで済みました」

クマガイさんに礼をいいにいった。

「いえいえ、どういたしまして。蚊が出はじめると本当にうんざりするわよね」

「一匹でも眠れなくなりますものね」

「そうなの。鬱陶《うっとう》しいわ」

クマガイさんが室内に招き入れてくれたので、お邪魔することにした。れんげ荘の住人は、若手二人とおばちゃん二人で構成されている。そのおばちゃん二人は、チユキさんのアートイベントの話だとか、コナツさんのアルバイトの話などを、ああだこうだと話した。結論としては、

「若いうちは何でもやって、失敗したほうがいい」

であった。クマガイさんは昔の男からのお仕事はやめたそうだ。

「依頼された仕事が終了したわけですよ。特に次の仕事の約束もしてなかったので、今はまた元の無職に戻ったの」

「でも翻訳のお仕事だったら、いくらでもあるんじゃないんですか」

「そんな甘いものじゃないのよ。ただでさえ本を読む人が少なくなったのに、そのうち翻訳本を読む人なんて、少数なんだから」

「そうなんですか」

「私のしていた仕事は、中学三年生が辞書を持っていれば、できるような仕事だもの。たまたま声をかけてもらって、やっただけ。これから先、ずっと続ける仕事にしようとも思っていないし」

「でも部下じゃなくて、クマガイさんに頼んだのは、理由があったんじゃないですか」

「うーん、しいていえば情けじゃないの」

「情け？」

「そう、昔、ちょっとあんたに悪いことしちゃったかなー、あのときはごめんねー。みたいな感じ」

「はあ」

若い時に派手に遊んでいた女性の生活は想像できないが、年齢を重ねてそういうこともあるのだろう。

「私もそろそろ、蚊取り線香を買います」

キョウコが部屋を出ようとすると、

「これ、あげるわ。殺虫成分じゃなくて蚊よけ線香って書いてるから、こっちの体にも少しはましなんじゃないの」

クマガイさんは遠慮するキョウコに、金属の線香立てと、渦巻の二枚一セットを二枚、押しつけるようにしてくれた。

「最近の蚊は、いろんな病気をうつすみたいだから気をつけて」

クマガイさんはにこっと笑った。

「ありがとうございました」

またいただいてしまったと思いながら、キョウコは部屋に戻り、洗濯物ハンガーから洗濯物をはずし、畳の上に座ってたたみはじめた。洗濯機でがーっと回さないで、手洗いのせいかやたらと衣類の持ちがいい。あまりに持ちがいいので、飽きてしまうほどだった。昔はもう飽きたと思うと、平気で肌着も服も買い替えていたが、今の自分はそうはいかない。突発的に何が起こるかわからない年齢にさしかかっているので、病院に運ばれたときに恥ずかしくないような肌着は身につけていたいと思っていたが、びっくりするくらい持ちがいい。洗濯機で洗っていたころは、あっちがほつれた、こっちから縫い糸が出てきたとしょっちゅう感じていたが、そんなこともない。しかしマユちゃんとの電話で、

「あのね、老眼もあるからね、汚れとかしみとか見えなくなってきてるのよ。だから明るいところでじっくり見ないとだめよ。ないんじゃなくて、見えてないっていうことも多いんだから」

といわれた。たしかにそうだ。大丈夫と思っているのは自分だけで、他人から見たら、

「あら、あそこに汚れが」

とわかるものを平気で身につけている可能性もある。だからといって、若手二人に、

「汚れてるところ、ある？」

と聞くのも失礼だなと思いながら、できるだけ目をぱっちり開けて、肌着やTシャツを隅から隅までチェックしてみた。一部、変色がわかったタンクトップ型の肌着二枚はカットして、

掃除のときの使い捨て布にした。気温が高くなると着替えの頻度も増える。猛暑の午後、シャワー室でシャワーを浴び、着替えるとすっきりするのだが、夜になるまでにまた汗をかく。クーラーの中にずっといるよりは夏らしくて心地いいけれど、洗濯の頻度も増える。また日射しが強すぎて、日光に当てすぎると、洗濯物がひからびたようにもなる。ちょうどいい具合にはならないのである。

「二枚分、新しくしないと」

大物はなかなか買えないので、肌着であっても、新しい物を買うのはちょっとうれしい。

「明日、駅前のスーパーに行ってみよう」

そこはおばちゃん、おじちゃん向けの肌着と共に、大手下着メーカーの手頃な値段の肌着を売っているので、選択肢がとても多いのだ。

食材以外の買い物ができるとなると、ちょっとうれしくなってきた。

「早く明日にならないかな」

チユキさんからもらった漬物、賞味期限が迫っていて安くなっていたチャーシューとベビーリーフ、細くスライスしたきゅうりをおかずに、晩御飯のそうめんを食べた。

翌日、キョウコはスーパーの開店時間を心待ちしていた。無職とはいえこの年齢になると、だいたい同じ時間に起き、同じ時間に寝るようになる。戸を開けて掃除をしていると、またサンダルを擦《す》る音が聞こえてきた。

「おはようございます」

一歩前に出て音がしたほうに首をひょいっと出すと、

「あ、おはようございます」

とコナツさんがびっくりした顔になった。日焼けした顔に、吹き出物が出ている。

「毎日、偉いわね」

「早番なんでしょうがないんです。まだ時差ボケが続いているみたいに、体がだるくて」

そういいながら彼女は、服の上からぼりぼりと右脇腹《わきばら》を掻いた。

「海外を旅行をしているのと、お勤めするのとは違うんでしょうね」

「そうなんです！　大違いなんです！」

コナツさんがひときわ大きな声になったので、キョウコは思わず一歩引いてしまった。コナツさんが働いているのは、エスニック雑貨のお店で、とにかく品物の点数が多いので、大変なのだという。

「あなたの雰囲気にはぴったりじゃないの」

キョウコが励ますようにいっても、彼女は、

「昨日なんか、小さなビニール袋に、ビーズを十五個ずつ入れるのを、ずーっとやらされてい

たんですよ。それも万引きを見張りながら。だんだん頭が痛くなってきちゃって。あっちもこっちも同時に見られませんよね」

と顔をしかめた。

「それはそうよね」

「一人やめるので、それで私が入ったんですけど、行方不明になった子がいて」

「行方不明？」

「前の日までいたのに、急に連絡がとれなくなって来なくなっちゃったんです」

「大丈夫なの」

「さあ、店長が探してましたけど、特に何もいってなかったので、問題ないと思います。私が二人分、働かなくちゃならなくなって、ものすごく迷惑なのを除いて」

「はあ」

キョウコはコナツさんのほっぺたの吹き出物を見ながら、息とも言葉ともつかない音が、口から出た。

7

朝、キョウコがアパートの前の道路に、資源ゴミを出して部屋に戻ろうとすると、奥の部屋からぺったんぺったんと、ふだんよりも大きな足音をたてて、コナツさんがやってきた。

「おはようございます」

声をかけると、彼女はちょっとだけ口角を上げて、

「おはようございます」

といったものの、すぐに真顔になった。ほっぺたにできた吹き出物は治っておらず、かわいそうにおでこにまで広がっていた。

「これからバイト？」

「そうです。もう疲れちゃって」

ため息をつきながら、彼女はてっぺんでお団子にまとめた頭を掻《か》いた。

「あら、そのかんざし、かわいいわね」

彼女がお団子に挿《さ》している、赤い玉かんざしを見て、思わずキョウコは褒めた。

「あ、そうですか？　これ、自分で作ったんです」

コナッツさんの表情が少し明るくなった。

「素敵。どうやって作ったの」

「店にこの赤い玉が入荷してきたので、それにかんざしのパーツを挿しただけで」

「でもほら、ぴらぴらした金色の飾りもついてるじゃない」

「これはずっと前にインドで買って、壊れたネックレスのパーツなんです。何かに使えるかもって、ずっと持ってて」

「とっても素敵。あなたによく似合うし、センスがいいのね」

「ありがとうございます」

コナッツさんはうれしそうな顔で、ぺこりと頭を下げた。

「このままいい気分でバイトができるといいんですけどね。まあ、しょうがないんで、行ってきます」

彼女はアパートを出ていった。コナッツさんは勤めるよりも、あのようなアクセサリーのデザインをして生計を立てるほうが向いているような気がしたが、無職の自分が彼女にあれこれいえるような立場でもなく、吹き出物が出ない程度に、アルバイトに通ってもらいたいとキョウコは願った。

自分の部屋の前を掃くついでに、チユキさんやクマガイさんの部屋の前も、ついでに掃いていると、勢いよく戸が開いてクマガイさんが出てきた。キョウコが箒《ほうき》を出したのと同時に、クマガイさんの足が箒を踏んづけた。

「わあっ」

お互いに声を出した次の瞬間、また同時に、

「おはようございます」

と二人して頭を下げたので、お互いに顔を見合わせてて噴き出した。

「す、すみません」

キョウコは箒をひっこめて頭を下げた。

「こちらこそごめんなさい。お掃除して下さっていたのに。箒、折れなかった？」

「いえ、大丈夫です」

「最近どんどん重量級になってきてるから、箒なんて簡単に右足でへし折りそうだわ」

クマガイさんは病気をして戻ってきてから、中肉中背をキープしているように見える。

「一時はよかったんだけど、食べるものがおいしくて、じわりじわりと増えているのよ」

「秋になると恐ろしいですよね」

「そうなのよ。あぶないのよ。新米の季節も目の前だし……。私、お米とか栗《くり》とか、そういうものが大好きなのよ。困ったわ」

「いいじゃないですか。おいしいものは我慢しないで食べたほうが」

「それはそうなんだけど、どういうわけか食べた量以上に脂肪になる気がするのよね。困ったわ」

クマガイさんは「困ったわ」を連発しながら、

「それでは失礼」

とトイレのほうに歩いていった。

「失礼します」

キョウコはささっとコナツさんの部屋の前も掃いて、部屋に戻った。

窓から見える空も、夏の盛りのもこもことした積乱雲と違って、小さな雲が寄り集まった、秋の気配がする形になっている。もう少ししたら、鬱陶《うっとう》しい蚊も姿を消すだろうと、ほっとした。冷暖房が完備されているマンションだと、冬でも蚊が出たりするそうだが、半分外で暮らしているようなこのアパートだと、文明が進化する以前の生活が体験できる。夏になると蚊が出てきて、秋の気配になるとだんだんいなくなる。冬に蚊が出てくることは絶対にない。窓の隙間《すきま》を塞《ふさ》ぎ、出入り口と窓の下に蚊取り線香を置いて、何とか蚊の攻撃から逃れてきた。出かける前には蚊よけスプレーを使い、部屋に入る前に頭のてっぺんから足元まで、手で払ってさっと戸を開閉する。その面倒な段取りから解放されると思うと、少しでも早く秋が来てほしかった。

ぼーっと空を眺めていると、隣室から物音が聞こえてきて、チユキさんも起きてきたようだった。キョウコはまた、これから自分はどうなるのだろうかと考えた。年々間違いなく歳《とし》を取り、相変わらず無職のまま。

（早期退職した人は、同じような立場だものね）

仲間がいると、自分を励まそうとしたが、そういった人々がずーっと何もせずに家に居続けるとは考えにくい。再就職したり、自分の趣味に没頭したり、地方に移住して自給自足をはじめる人もいると聞く。みな第二の人生を歩んでいるのだ。

（私には第一の人生も、第二の人生もなかったような気がする）

キョウコはベッドに寄りかかり、ほとんど動かない窓の外の雲を眺めた。友だちのマユちゃんには、

「あなたはそう感じてはいないかもしれないけれど、会社で働いてお給料をいただいていたということは、世の中の役に立っていた訳だから、気にすることはないわよ」

と慰められたけれど、仕事の成功よりも、クライアントのいやらしいおやじや、勘違いした

若い男どもに、会食後に付き合える若い女性を探せと命じられたり、社員同士の足の引っ張り合い、悪口などばかりが思い出されて、そんななかに関《かか》わっていた事実への嫌悪感がぬぐえなかった。

世の中の役に立った実感より、おやじの、

「ちょとあんた、若い娘、連《こ》れてきてよ。いくらでもいるでしょ」

などという言葉がずっと頭の中に残っている。おまけに後輩の女性社員に、

「あなた、行ける？　どうする？　嫌だったらいいんだけど」

と頼んでしまったのだった。過去の消してしまいたい言動ばかりを思い出して、自己嫌悪に陥った。

会社に勤めていたときは、会社に利益をもたらして、その見返りに給料をいただいていたわけだが、人として満足感はなかった。それがうすうすわかっていたのに、次から次へとまわってくる仕事の渦に巻き込まれて、そこから抜け出たいと思い続けて何十年も経《た》ってしまった。自分と同じ気持ちではないだろうが、早期退職した人々も、会社に対して、

「もういいや」

という気持ちがあったに違いない。ただそれから先が問題なのだ。彼らはやめた時点から矢印が前に伸びていっている気がするが、自分はやめたときの点のまま。そこから何も動いていい

ない。やったことは周囲の人から励まされて仕上げた、刺繍《ししゅう》ひとつだけだ。ボランティアも考えたけれど、これは合わないなと感じたときに、すぐに「やめます」というのも、奉仕という観点からいうと、相手に対してとても失礼な気がして足を踏み出せない。少し虚《むな》しくなってきた窓の外を見ると、さっきと雲の様子は変わりなかった。

「私はれんげ荘の留守番役でいよう」

以前もそう思ったけれど、より強く自分にいいきかせた。不動産屋の娘さんが相変わらず、シャワー室やトイレの掃除をしてくれているので、自分たちでやりましょうかと聞いてみたことがあったが、

「お掃除はお部屋の中だけでいいですよ」

とにっこり笑われてそのままになった。となるとあとは防犯係である。

れんげ荘は外から見て、悪い人たちが狙《ねら》うゴージャスな物件ではないだろうが、人は住んでいる。住人が女性ばかりというのも、何かあったときに不安だ。幸いここは隣室の様子がスケルトンとまではいかないが、推察できるので異状事態になったときにはわかるはずだ。キョウコは食材の買い出しか、図書館に本を借りに行くついでの散歩くらいしか出かけないのだから、アパートに駐在しているのと同じようなものだ。年上のクマガイさんのほうが外出しているし、チユキさんは部屋を空けることも多いし、コナツさんはアルバイトをはじめたので、日中はい

ない。

「そうなると私しかいないわね」

キョウコは誰に命じられたわけでもないのに、やる気になってきた。今まではぼーっと部屋の中で本を読んでいたけれど、何時間かに一回、アパートの周囲をチェックするだけで、防犯になるかもしれない。不審人物を見つけたら、住人だけではなく周辺のお宅の役にも立つかもしれない。たまに若い警官が自転車に乗って町内の見回りをしているのを見かけたりもするが、それも毎日ではない。住人におおっぴらに宣言するわけではないが、自分の心の中に「私は防犯係」という言葉を刻み込んだ。

そうなったらすぐに実行と、アパートを点検しようと外に出ると、れんげ荘専用のゴミ置き場に、初老の男性がしゃがんでいた。脇にたたんだダンボールや五冊ほどに括《くく》られたファッション雑誌を挟み、手にしたレジ袋にコンテナから缶を取り出して入れようとしている。

「あのう」

キョウコが声をかけると、彼は、

「わうあっ」

と叫んでとびのいた。

「何をしているんですか」

「何もしてない、してないよ」

「そのダンボールや雑誌は、資源ゴミじゃないですか。持って行くのは犯罪になるはずですよ」

「いや、何もしてないから。ただ頼まれてやってるだけだから」

彼は脇《わき》に挟んでいたダンボール箱と雑誌をその場に放《ほう》り投げた。キョウコがあっけに取られていると、小さなトラックが猛スピードで走ってきて、彼があたふたと助手席に乗ると、スピードを上げて走り去った。荷台にはダンボール箱や雑誌が積まれていた。回収業者の車ではなかったので、換金できる資源ゴミを狙って、抜き取っていたのだろう。

「ああ、びっくりした」

もしかしたら以前にも抜かれていたのかもしれない。自分たちには直接関係ないけれど、気持ちのいいものではない。

「おはようございます。どうかしましたか?」

窓が開いてチユキさんが顔を出した。彼女は角部屋なので、庭側と道路側の二方向に窓があるのだ。

「ゴミを持っていこうとした人がいたのよ。声をかけたら逃げていったの」

「やだ、気持ち悪い」

チユキさんは窓から身を乗り出して、ゴミ置き場の放り投げられた雑誌の束を見た。

「それ、私が置いたんですよ。やだなあ」

「本や雑誌は換金できるから。資源ゴミは狙われるんでしょう」

「知らないまま、部屋にいたら、ちょっといやな感じがしますよね」

「偶然なのよ。外に出たらその人がいたの」

「交番に話した方がよくないですか。その方がいいですよ」

チユキさんがきっぱりというので、キョウコはその日の夕方、買い物に行ったついでに、駅前の交番に寄って、朝の出来事を話した。若い警官二人は以前、アパートにやってきた人ではなかった。キョウコの話を聞き、一人が「はあ」「なるほど」といいながらノートに記帳し、

「どんなトラックでしたか」

と聞いた。形や色、一部覚えていたナンバープレートの文字や数字を話すと、彼らはお互いを見てうなずいた。

「常習なんですよ。しばらくおとなしくしてたんですけどねえ」

話によると、親玉は表に出ずに、資源ゴミの日だけ雇っている中高年男性にゴミを集めさせ、トラックで回収しながら、あちらこちらを走っているのだという。

「収集時間も遅かったり、早かったりがあるでしょ。それがわかっているので、辺りを走り回

っているんですよ。また別の用件でも何か変わったことがあったら、遠慮なくいってきてください。ご苦労様でした」

二人に見送られ、キョウコは交番を出た。たまたま通りかかったおばあさんが、どうしたのかしらといいたげな表情で、キョウコの顔を見ていた。キョウコは笑みを浮かべて彼女に会釈すると、おばあさんはほっとした顔で同じように小さく頭を下げて歩いていった。

「何だか、大変」

ふと気がつくとキョウコは帰り道、思わず辺りを見回していた。

日中、勝手に留守番役兼警備係の任を請け負って部屋にいると、少しの物音にも敏感になった。外で、

「わあ」

という叫び声がすると、すぐに窓を開けて確認し、次にそーっと戸を開けてアパートの出入り口の陰から様子をうかがう。多くの場合は下校中の男子中高生が、ふざけながら帰っていて無邪気なものなのだが、午後三時くらいに路地を散歩していると、たまに不審に思える人を見かけたりもする。相手の人権にも関わるのだが、失礼ながら怪しいと感じる人もいた。

そのうちの一人はこの辺りで見かけたことがない男性だった。年齢は四十代後半くらいで、寒い季節でもないのに、茶色く染めた髪にすっぽりと黒いニットキャップをかぶっている。だ

ぼっとした尻《しり》が隠れる長さの黒いTシャツに、ぴったりしたレギンスを穿《は》いている。足元は室内履きのようなぴったりとした薄手の黒い靴で、手には細長い棒状の物が入っているような、黒い袋が提《さ》げられていた。

（まだ寒くもないのに、どうしてニットキャップ？　男性なのにレギンス？　綱渡りをするような人が履いている靴を、男性が外出のときに履く？　あの袋の中の棒状のものは何？）

じろじろ見るのは失礼なので、キョウコは彼が通り過ぎてしばらくしてから、振り返った。細身で贅肉《ぜいにく》のついていない体が身軽そうだった。

もう一人は作業着姿の五十代くらいの太った男性だ。キョウコは直感的に「？」と思った。作業服がきれいで、彼に着慣れた感じがしなかったこと。その近所には作業服姿で出入りするような場所がないこと。周囲をきょろきょろ見渡しているのも不審な感じ。こちらも黒い薄手の袋の中に、棒状の物が入っている気配があった。

その夜、キョウコはマユちゃんに電話をかけた。いろいろと自分の気持ちを話した後、「あのね、実はこういう人たちがいて……」

と目撃した男性二人の話をした。耳にはマユちゃんのくすくす笑いが絶え間なく聞こえている。

「……というわけなの。疑うのも失礼なんだけど、ちょっと変じゃない？」

マユちゃんの笑いは止まらなかった。

「どうしたの？」

しばらく経《た》って、

「だって、そんなにすぐに怪しげな人たちに会う？　それも二人も。そういう目で見てるから、そう見えただけなんじゃないの」

「でも資源ゴミ泥棒はすぐに見つけたのよ」

「ふふふ」

「中年の男の人なのに、ぴったりしたレギンスって変じゃない？」

「近くにバレエ学校があったりして」

「ないわよ、ないない」

「変といえば変かもしれないけど、その人のセンスの問題だからねえ」

「それがどんな部屋にでも侵入できる身軽な格好だと思ったのよ」

「たしかにそうともいえるけど、それだけじゃね」

彼女はくくくと笑った。

「そうか……。私って失礼な奴ね」

「わからないわよ。もしかしたらそうかもしれないし、そうじゃないかもしれないし」

ツボにはまったのか、マユちゃんはずっと笑っていた。

「そんなにおかしい？」

「だって妙に意識が高くなってるんだもの。町内警備隊じゃないんだから、いちいちチェックしなくてもいいじゃない。あなたは何もしないで、のんびり暮らしていればいいのよ。町内を見回りしている間に、自分の部屋に泥棒が入ってるかもしれないわよ」

そしてまた笑う。しばらくキョウコは黙り、瞬間的にがーっといろいろなことを考えたが、

「盗《と》られるものなんてないけどね。そうだね、変な電話をしてごめんね」

と謝った。

「大丈夫。また何かあったら電話してきて」

最後までマユちゃんは笑っていた。

「恥ずかしい」

キョウコは携帯をベッドの上に置いて、ふうっとため息をついた。何か人の役に立とうとした、がんばろうとした自分が馬鹿だったのだ。しかしマユちゃんにいわれた、「何もしないでのんびり暮らす」ことの何と難しいことか。少しの間はいいけれど、会社に勤めること以外、必ず何かやりたくなってしまう。

「創作活動もガーデニングも農業もしていないからなあ」

最近、老眼鏡の度が合わなくなってきたのか、目が疲れて本を読むのが億劫《おっくう》になってきて、図書館に通ったり古書店に行く回数も減ってきていた。あらためて私には本を読む楽しみがあったと思い出した。

翌日、駅前の眼鏡店で検眼してもらい、老眼鏡を作り直した。出来上がった眼鏡をかけると、今までぼんやりしていたものが、視界がぱっと開けたかのようによく見える。これでまた本が読めると、やる気になってきた。世の中には当たり前だが、一生かかっても読み切れないほど本があふれている。そのなかで直感的に手に取ろうとした本は、自分に縁が深いというほかはない。

ＯＬのときに交際していた男性にその話をすると、

「女の人ってさ、何でも縁があるとかさ、特別なふうに思いがちだけど、たまたまそこにそれがあっただけでしょ」

といわれた。何となく彼との交際に違和感が出てきたときだったので、

「それじゃあ、私と付き合ったのも、たまたまそこにいたからなの？」

と聞いた。一瞬、彼はうっと言葉に詰まっていたが、

「そうでもあるし、そうでもない」

などといって黙ってしまった。そしてごまかすように、まったく関係ない映画の話を、キョ

ウコの肩を抱きながら、とっても楽しそうにしはじめたので、しらけた。そしてそれからしばらくして別れてしまったのだった。

彼とは縁がなかったというか、キョウコが自分で縁を絶ちきったのだけれど、本の場合は向こうから呼ばれているのではないかと思う。書店、古書店、図書館で、あれだけたくさんの本が並んでいるのに、何の事前情報もなく、手に取ってしまう本。どうして右隣の本でも左隣の本でもなく、その本だったのか。それは自分にもわからないし、そうやって買った本がすべて面白かったわけではないが、どれもそれなりに楽しめた。

本はすべて自分で選んできた。へそまがりかもしれないが、世の中で評判にはならない本をあえて選んで読んできたふしもある。「私もあの本、読んだ」と大多数の中に混じるよりも、こっそりと自分一人のためだけに読んできた。その本が世の中で売れているとか、売れていないとかは関係なかったのだ。これじゃあ、大多数の中に混じって、そのなかで羨望《せんぼう》の的になるような人になれという母とは、軋轢《あつれき》が生じるのに決まっているわけだと、キョウコは苦笑した。

気分転換に、最近足が遠のいている図書館に行こうと、キョウコは新しい老眼鏡をエコバッグに入れて部屋を出た。ほどほどに汗をかいて図書館に入ると、そこには暑さから逃れた老人たちが、てんこもりになっていた。そのほとんどの人は、本を手にするわけでもなく、椅子《いす》に座って居眠りをしていた。勉強できる一人用座席が並んでいるコーナーでは、学生たちが勉強していたが、なかにはいちおう本をテーブルの上に置いてはいるが、寝ている初老の男性も何人かいる。またフロアの椅子では、その体勢のほうが体に悪いんじゃないかと心配になるくらい、ガラケーのように二つ折りになった、爆睡中のおじいさんもいた。なのでキョウコは椅子に座れなかった。年功序列でいえば仕方がないのだけれど、いくら待っても空きそうにない状況に、今日は足の運動日とあきらめて、書棚を端から眺めはじめた。何度も利用しているので、見覚えのある本ばかり並んでいる。新入荷の棚を見たけれど、新しく入った本はすぐに借りられてしまうので、専門書しか並んでいなかった。

文芸書の棚の前をざっと見てから、奥の全集の棚のところに行った。子供の頃、友だちの家に遊びに行くと、本好きのお兄さんやお姉さんの部屋にあった、海外文学全集や、昔、キョウコが購入しようかどうしようか、ずっと迷い続けて結局買わなかった、明治文學《ぶんがく》全集などが全巻揃《そろ》っている。三冊ほどないのは、誰かが借りているか欠本になってしまったのだろう。買おうと思っていたときには、古書店で高額な値段がついていて、おいそれとは買えなかった。全集九十九巻と別巻の計百冊なので、まとまるとそれなりの値段になるのは当然なのだが、いくら他の人に比べて高給取りだったとはいえ、買う勇気はなかった。はっきりいってしまえば、全集も欲しかったけれど、それよりも流行の洋服や靴やバッグを買う方を優先したのだった。

それがたまたま立ち寄った近所の古書店で、四万五千円で売られているのを見たとき、

「えっ」

と思わず価格が書かれた紙を二度見してしまった。欲しいと思ったときの十分の一以下になっている。『宮本百合子《ゆりこ》全集』が三十巻揃いで八千円。それだけ読む人が少なくなっているのだろうが、高額だったので買おうか買うまいか迷っていたキョウコにとっては、驚きでしかなかった。そして買えるようになった今は、生活状況が変わったため、それだけの本を所有する気はなくなっていた。

とりあえず内容をチェックして、読みたい巻を借りに来ようと、別巻の総索引だけ借りて図書館を出た。椅子に座った老人たちは動かず、連れだってやってきた老夫婦の夫のほうがそれを見て、

「なんだよ、せっかく来たのに空いてないじゃないかあ」

と大声を出して、

「やめて、そんなこというの」

と奥さんにたしなめられていた。

「だって、お前、暑いなか涼みに来たのに。どうする？　駅前の電器屋に行くか？」

駅前には電化製品の大型安売り店があって、各階に休憩のための椅子が置いてある。

「いやですよ。あそこまで行くなんて。ここでいいでしょ」

「だって座れないんだぞ。ほら、寝たりしているのもいて。図々しいなあ」

奥さんは顔をしかめて、つつつっと彼から遠ざかり、掲示板に貼《は》ってある区からのお知らせを見はじめた。

（また、重い本を借りちゃった……）

我ながらもうちょっと考えればいいのにと思いながら、帰りに豆腐と小松菜と長芋を買って部屋に戻った。マユちゃんに笑われ、自分でも深く反省したけれど、アパートに入る前に、いちおう周囲を点検したが、問題はなかった。

（もしかして泥棒は入ってないわよね）

おそるおそる鍵《かぎ》を開けて部屋に入ったが、特別変わったことはなかった。物があふれすぎていても何を盗られたかわからないが、あまりに物がなくても、何を盗られたかわからないような気がする。冷蔵庫やガス台、ベッド、自作の刺繍が盗まれない限り、キョウコもぱっとみて判断は付きかねた。くんくんと室内の匂《にお》いを嗅《か》ぎ、他人の匂いがしないので、大丈夫そうだった。

買ってきたものを冷蔵庫に入れ終わったとたん、

「すみませーん、チユキです」

と声がした。戸を開けて、

「蚊が入るから、どうぞ中に入って」

と招き入れた。チユキさんはするりと戸の隙間をすり抜けるようにして、中に入ってきた。

「この間はありがとうございました。変な人をつかまえてもらって」

「つかまえただなんて、そんなことないのよ。結局はトラックに乗って逃げちゃったんだから」

キョウコはその後、チユキさんに勧められたとおり、交番に行ったときの話をした。

「常習犯だったんですか」

チユキさんは顔をしかめた。

「この先の大きなマンションのゴミ捨て場のところにも、『持ち去りは犯罪です』っていうプレートがつけてあるわよね」

「それでもやるんですね」

「実際にゴミ捨て場から抜き取る人は、雇われているらしいわよ」

「ひどいですねえ。糸を引いている親玉がいるんですね。そういうのっていちばん嫌いです」

チユキさんは憤慨していた。

キョウコがお茶でもと誘うと、彼女は、

「いいえ、すぐに失礼しますから。あの、すみません。またお願いなんです」

という。これから秋の行楽シーズンで、またいつもの温泉場に仲居さんのアルバイトに行くのだという。

「いいかげんにやめたいんですけどねえ。断り切れなくて」

「だって根強いファンがいるんでしょ、チユキさんの」

キョウコがそういうと、彼女は照れたような表情になって、

「ファンというか、お子さんたちが私の体によじ登ったりするから、おもちゃ代わりなんじゃないでしょうか」

「子供はすぐに大きくなるから、あなたもよじ登られたら大変ね」

「そうなんですよ。男の子だと力も強いし」

「親御さんたちも、チユキさんに会うのが楽しみなんだから、いいじゃない」

「私もお部屋係はやりますけど、宴会場はやりませんっていってあるので、だいぶ楽になりました。お勤めの仲居さんからも苦情が出て、コンパニオンさんの数を増やすそうです」

コンパニオンの数を増やすというのは、酔客に体を触られる女性が、仲居さんから彼女たちに代わるというだけの話である。

「まったく、女の人に触る酔っ払いって、本当にいやですよね」

「それが日本の宴会では当たり前になっているものね」

「触ったいいわけが、酔っ払ってたですからね。それで許せるわけないじゃないですか。そのあげくに拒絶すると、堅いことというなとか、あの娘《こ》は怖いとか。馬鹿じゃないですかね」

キョウコも酒席での見苦しい実態はたくさん見てきたので、そのおぞましい光景がフラッシュバックしてきた。

「ともかく私の条件をのんでもらったうえでバイトに行くので、特に問題なく働けると思います。何かあったらすぐに戻って来るつもりですけど」

ほぼ二か月間、留守にするので、申し訳ないが、また部屋の空気の入れ換えをしてもらえないかというお願いだった。

もちろんとキョウコが返事をし、気をつけて行ってきてと、チユキさんを送りだそうとすると、コナツさんが部屋の前を通りかかった。

「おかえりなさい」

キョウコとチユキさんが声をかけると、

「あ」

とつぶやいてコナツさんは頭を下げた。

「今日は早番だったのね」

キョウコがたずねた。

「いえ、あの、……やめてきちゃいました」

「えっ、アルバイトを？」

彼女はこっくりとうなずいた。赤い玉のかんざしについていた、金色のぴらぴら飾りが、取れてなくなっていた。

「それじゃ」

と体中から疲労感を発散させながら、コナツさんは足取り重く部屋の中に入っていった。

8

アルバイトをやめてしまったコナツさんは、全身から疲労感をにじませていた。

「バイト、大変だったのかな」

チユキさんはそうつぶやいて、コナツさんの部屋のドアを眺めている。

「ずっと海外を旅行し続けていた人だから、一か所に勤めることに向いてなかったのかもしれないわね。海外で物騒な出来事が多くなって、個人で自由に旅がしにくくなってきたっていってたけれど」

「ああ、そうですか」

二人はコナツさんに聞こえないように、小声で話した。別れ際にキョウコは、

「それではこちらのアルバイトは、無事に済みますように」

とチユキさんにあらためて声をかけ、それぞれの部屋に戻った。

「コナツさん、大丈夫かな」

かわいそうにあの吹き出物がストレスを物語っていた。彼女も社会になじみにくいのだろう。だからこそ若い頃からずっと日本にいないで、海外を渡り歩いてきたのだ。しかし残念ながら彼女も歳を取るし、環境も変わってくる。若い頃からずっと世の中に対応できなかった人が、歳を取って、といってもまだキョウコに比べれば若いけれど、この社会に対応できるのだろうかと、心配になってきた。

キョウコは結果的に会社に対応できなかったが、学校を卒業したら定職に就くものだと思っていた。結局はやめてしまったけれど、コナツさんは、のっけからすべて拒否してきた。根性が入っているといったらそうなのだけれど、キョウコは自分を棚に上げて、彼女のこれからを心配した。体の具合を悪くして寝込まなければいいけれどと、彼女の体調だけが気になった。

チユキさんは温泉場のアルバイトに出かけ、そしてクマガイさんも、

「これから一週間ほど旅行してきます」

と挨拶に来た。ひと月ほど前に学生時代の同窓会が開かれて、そこで何十年ぶりかで同級生に会い、そのなかの何人かと盛り上がって、温泉に行こうという話になったのだそうだ。

「チユキさんがいる温泉じゃないのが残念だけどね。私の通っていた学校が、お嬢様学校で、学校のいちばんの美人が、老舗《しにせ》旅館の大女将《おかみ》になっていたのよ。だからそこに泊まりに行くの」

その有名旅館はキョウコも知っていた。まだ勤めているときに、雑誌のグラビアにその美人女将が載っているのを見た記憶があった。

「私以外はみんなまともなの。私が新宿で飲んだくれている間に、同級生はそれなりのところに収まっていたのよね。その女将になった人もそうだけど、大企業の社長夫人になったり、理系の研究者になったり、大学の先生になったり、実業家になったりね。なかにはね、私の顔を見て、『よかった、生きてて』って泣いてた人もいたのよ。酔っ払って道路に放置されたっていう話が、伝言ゲーム式に伝わって、一部の人の間では、新宿の路上で死んでたっていわれてたんだって」

クマガイさんは、あははと笑っていた。そして取られて困るものは何もないと、手を振ってアパートを出ていった。白いパンツに、お気に入りのプッチのチュニックがよく似合っている。肩から提げている白く大きい柔らかそうな革のショルダーバッグも素敵だ。

物が少なくても、素敵な物を持ちたいとキョウコは思ったけれど、経済的にそのような余裕はない。いちおう優先順位として、食費がいちばんなのだが、品質を重視してあれこれ買っていたのに、それらがじわりじわりと価格が上がっていて、ここで暮らしはじめた頃はそれほどでもなかったのに、同じ感覚で買うと、「あれ？」という金額になってしまう。エンゲル係数は高くなるばかりだ。

ただ身ぎれいにはしておきたいので、気をつけてはいる。駅前の商店街には、若い人向きの古着店がたくさんあるので、それを眺めながら歩くのも好きだ。古着店の店員さんたちは、みな古着愛が深いので、質問をするととても丁寧に教えてくれたり、奥から在庫品を取り出して見せてくれたりする。高額なものは買えないけれど、キョウコもたまにトップスを買うこともある。彼ら、彼女たちからすれば、自分たちの親の年齢のキョウコにも、親切にコーディネートのアドバイスをしてくれて、本当にありがたい。そしてみなとても感じがいいのだ。

それに比べたら、キョウコが若い頃に入ったことがあるショップ店員など、

「よく、そんな態度で接客できるね」

といいたくなるような、傲慢《ごうまん》な態度だった。ただ当時のキョウコは、服も靴もバッグも気合いを入れていたので、自分はいやな思いはしなかったが、店に入ってきた女性客によっては、

彼女が商品を見ていても声をかけもせず、店員たちは、ただ立っているだけ。そして客が店を出ていくと、

「どうしてあんな人が、うちの服を着ようと思ったのかしら。やあねえ。似合うわけないじゃない、あんなスタイルで」

といって笑うのだ。キョウコに対しては満面の笑みで歩み寄ってきたが、そういう態度を見ると、もうこんな店には二度と来ないといやな気持ちになったものだった。

それに比べたら、彼らは天使のようだ。服に対する愛情、どんな人にも似合うものを見つけてあげようとする気持ち。お金がたくさんあったら、贔屓《ひいき》にしたい店ばかりだ。しかし服が欲しい気持ちがクマガイさんに伝わるのか、そういうときに必ず、

「これ、よかったら着てもらえる？」

と不要になった服を譲ってくれる。それがどれも素敵なものばかりなので、キョウコの衣生活は、ささやかな値段の古着と、クマガイさんのお慈悲で成り立っているのだった。

アパートに残っているのは、コナツさんとキョウコだけである。彼女の体調が心配でも、ドアを叩《たた》いてあれこれいうのは出過ぎたことだろうと自粛したが、やはりどうしているかは気になる。朝、けだるそうな足音と、トイレの水を流す音が聞こえると、

「ああ、いちおう生きている」

と胸を撫《な》で下ろした。翌日、偶然を装って、自室の戸を開けると、髪の毛が爆発したコナッさんがトイレから出て来たところだった。

「おはようございます」

キョウコが声をかけると、彼女は、

「おはようござっす」

とぺこりと頭を下げた。手には芯《しん》を抜いたトイレットペーパーをぎゅっと握っている。

「体の具合、どう?」

「疲れが取れなくて。ずーっと我慢してたから、それが体の中に溜《た》まってるんじゃないでしょうかね。寝ていたらずいぶんよくなってきたんですけれど」

「お肌もきれいになってきたじゃないの」

「あっ、そうですかあ。うふふ」

コナッさんはうれしそうに、ほっぺたを触った。

「御飯食べてる?」

「ええ、まあ」

「たしか部屋には台所はなかったわよね」

「買いだめしておいたカップ麺《めん》がまだあるんで、大丈夫です」

「毎日？」

「ええ、たくさんあるので」

「毎日はいけないわ。塩分過多になるし。もしいやじゃなかったら、私と一緒に御飯を食べない？」

キョウコも、自分の口からそんな言葉が出るとは想像もしていなかったので、我ながらびっくりした。

「いいんですか」

コナツさんは遠慮がちに小声でいった。

「いいわよ、あなたさえよければ」

「それじゃ、すいません。実はちょっと飽きてきちゃって」

「そうでしょう。それじゃ、今日のお昼はどうかしら？」

コナツさんは朝昼兼用で済ませているので、晩御飯を食べたいという。今日の朝兼昼食はパンと缶コーヒーで済ませるという。

「わかりました。それじゃ今晩ね。どういうものがいい？　やっぱりエスニック系がいいのかな」

「何でもいいです。すみません」

コナツさんは頭を下げ、キョウコに向かって力なく笑って、部屋に入っていった。

キョウコは気分が高揚してきた。彼女はいったいどういうものが好きなのか。雰囲気からするとエスニックだが、疲れているときに、スパイス系は胃に負担がかかるんじゃないだろうか。となると脂っぽくなくて、力にもなるもの。

「やっぱり和食かな」

以前、クマガイさんに連れていってもらった、元れんげ荘の住人の、サイトウくんが勤めていた和食店を思い出した。路地裏にあって店の前も通らないし、足が遠のいている。亭主に癖があるのは難点だが、味はよかった。あれから何年も経っているし、どんなものかと予約の電話をいれてみたら、イメージしていたのとはまったく違う、とても感じのいい男性の応対だったので、六時半に二人分の予約をいれた。そしてメモ用紙に店名と電話番号、予約した時間、必死に思い出しながら描いた地図を記して、コナツさんの部屋のドアの隙間に挟んでおいた。

日中は暑くても、さすがに夕方になると、陽《ひ》の勢いが落ちてくる。雲の形も秋らしい形状に変わっている。六時半の少し前に店に着いたキョウコは、戸を開けて目に入ったまだ誰も客がいない店内の風景が、自分の記憶にあるのとずいぶん違っていて目を見張った。カウンターはなくなり、白木で明るい造りになっていて、暖簾《のれん》の奥の厨房《ちゅうぼう》から出てきたのは、白い上っ張りを着た、感じのいい中年男性だった。

「いらっしゃいませ」

「予約をしたササガワです」

「ありがとうございます。お待ちしておりました」

そういいながら和装にかっぽう着姿の女性が男性の後ろから、小走りに出てきた。彼女は奥の席にキョウコを案内し、温かいおしぼりを出してくれた。キョウコは店内を眺めながら、癖のある店主の面影を残しつつも、顔つきに柔らかさがある現店主を見ながら、知らないうちにこの店が、代替わりをしていたのを知った。接客してくれた女性は、彼の妻なのだろう。前のように、

「食いに来てるの、喋《しゃべ》りに来てるの」

などと店主から叱《しか》られたらどうしようかと緊張していたが、この店だったらそんなことはなさそうだ。ほっとしながら手を拭《ふ》いていると、五分遅れてコナツさんがやってきた。吹き出物も目立たないほどよくなっている。

「いらっしゃいませ」

奥さんに明るく迎えられた彼女は、

「あ、どうも、こんばんは」

と小さく頭を下げ、

「あ、どうも。遅れてすみません」

とキョウコにも頭を下げた。

「私も今来たところだから」

「そうですか、よかった」

コナツさんはどっこいしょという感じで椅子に座ると、すかさず奥さんがおしぼりを持ってきてくれた。

「はあぁ」

彼女は小さくため息をついた後、

「今日はすみません。お言葉に甘えちゃって……。あたし、ちょっと図々しいところがあるのかな。何か、こう、遠慮がなくてすみません」

と肩をすぼめた。

「そんなことないわよ。来てくれてうれしいわ。私があのアパートに引っ越してきてから、コナツさんとちゃんとお話ししたことがなかったものね」

そういった直後、キョウコは、同じアパートの住人だからといって、特に親しくする必要はないのだと気づいて、

「ごめんなさい、変なこといっちゃったわね、今いったことは忘れてください」

とあわてて発言を撤回した。

「当時はあたし、ずっと旅行をしていたから、アパートにもほとんどいなかったし」

奥さんがキョウコとコナツさんに、お品書きを渡した。

「コナツさんの食べたい物でいいのよ。何でも遠慮なく注文して」

彼女はうなずいて、お品書きをじっと見た後、

「煮魚と肉じゃがと、刺身の盛り合わせと、牛肉のミニステーキ……。それとじゃこ御飯をお願いします」

といった。食欲があってよかったと、キョウコはほっとした。キョウコはそれに、焼き魚ともずく酢、長芋のたたきなどを加えて、とりあえず注文を終了した。コナツさんは突き出しの、青菜と菊花の和《あ》え物をつまんでいる。

「アルバイト、やめたっていってたけど、大丈夫だったの？」

あまり彼女の実生活に入り込まないように気をつけながら、キョウコは話しかけた。

「うーん、店長には嫌みをいわれましたけど……。しょうがないんですよ。行方不明になった人の分まで私に負担がかかってきて、裏のことも接客も全部しなくちゃならないのが、きつくて。それでいわれたことをしていないって怒られちゃって」

「それまで二人でしていたんだから、できないと怒るって変よね」

「そう。でも変だっていうのを全然、気づいてないんですよ」

その四十歳の男性オーナー店長は、隣の美容室に勤めている若い女の子が好きで、暇さえあれば、外で煙草《たばこ》を吸う口実で、ガラス張りの美容室をのぞきこんでいるという。

「えーっ、ストーカーみたい」

「そうなんですよ。店にいても、『あの子、本当にかわいいよな。同じ女子でもそう思うでしょ』っていうんですよ。仕方ないから、『そうですね』って返事をすると喜んじゃって」

「相手の女の子も迷惑よね。ふと見たらじっと隣の店の店長が見ているなんて」

「うーん、その子もちょっとぼーっとしてるんですよね。うまく立ち回っているのかもしれないです。だいたい、店長、子供が三人いるし」

「えっ、結婚してるの？」

「いちばん上の男の子は高校生っていってました。きっとその女の子も付き合う気なんかないんですよ。あんな不細工な店長と付き合わなくたって、かっこいい男の子はたくさんいますからね」

「ふーん、店長が激しく妄想しているだけなのかな」

「そう、それです」

コナツさんは大きくうなずきながら、次々に運ばれてくるおいしそうな料理を、お見事と褒め称《たた》えたくなるくらい、平らげていった。

今まで不足していた栄養分を、一気に補充している感じだった。

最初にエスニック系の雑貨店を経営していたのは現オーナー店長の父親で、先代は自分で海外に買い付けにいったり、他では売っていないものを、現地から仕入れようとしたり、とにかく民族系の雑貨が好きで、情熱もある人だった。ところが彼が病気で店が継続できなくなったのを、息子が現店長となって引き継いだ。それがとんでもないダメ男で、もともと商品知識がないのに、努力してそれを覚えようともしない。

「すべてアルバイトに丸投げで、自分の思うようにならないと、文句ばかりで……」

コナツさんは少し怒りながら、ミニステーキにぱくっと食いつき、一転して、

「おいしい」

とにっこり笑った。無邪気な子供のようだ。

「病気のお父さんも辛《つら》いわよね。せっかく自分がそこまでにしたのに、息子が潰《つぶ》しちゃうわね」

「絶対、そうなりますよ。かわいい女の子が来ると、しつこくすり寄っていくし。気持ち悪い」

キョウコは焼き魚とじゃこ御飯を食べながら、

「やめてよかったね」

とコナツさんにいった。

「はい」

彼女は何度もうなずいた。

しばらく二人は黙って口を動かしていた。店には次から次にお客さんがやってきた。先代だと、味はいいけれど主人が……と躊躇《ちゆうちよ》もあっただろうが、代替わりをしたこの店だったら、訪れるのが楽しみになるだろう。これまで食べるのと喋るのとで一生懸命だったコナツさんは、箸《はし》を手にしたまま、くるりと周囲を見渡した。

「いっぱいになりましたね」

キョウコは最初、クマガイさんに先代が営んでいたこの店に連れてきてもらったこと、そこにはれんげ荘に住んでいた、サイトウくんという男の子が働いていたこと。そして今日、ひさしぶりに来たら、代替わりしていたことを話した。

「サイトウくん、覚えてます。あの不幸そうな男の子ですよね」

そうだともいえず、キョウコは苦笑した。

「彼、こういう仕事をしていたんですね」

コナツさんの顔に赤味がさしてきて、ほっとした表情になってきた。

「コナッツさんの部屋、料理が作れないから不便じゃない？」

「うーん、コンビニがあれば温かいものも食べられますからね。今のところは不便はないです」

キョウコは何もいわず、うなずいて黙るしかなかった。しばらく沈黙が流れた後、デザートの栗のアイスクリームが運ばれてきた。

「でも、最近、ちょっと辛くなってきたんですよね。体調が悪くなると、コンビニにすら行きたくなくなっちゃって。だから大量保管してある、カップ麺をずっと食べるはめになるんです」

「あの部屋はもとは倉庫だったんでしょう」

「ええ、だから格安なんですよ。八千円で住めるところなんて、東京のこの場所でないでしょ。前みたいに、たまにならよかったんですけど、ずっといるときついですね。さすがに」

コナッツさんはうれしそうにアイスクリームを食べながら、ふふっと笑った。

「引っ越すとお金がかかるし。また無職になったので、我慢しなくちゃ。あ、またあの役所の人が来るかなあ。やだなあ」

彼女はスプーンを口にいれたまま、顔をしかめた。

「しょうがないわよ。体調が悪くなったんだもの。何かいってきたら、そういえばいいわよ」

「そうですよね。私のわがままでそうしたんじゃないっていいます」

きっぱりとコナツさんはいい放った。

食事の後は、かつてクマガイさんが教えてくれたルートを真似《まね》して、裏通りにある自家焙煎《ばいせん》のコーヒーを飲ませてくれる喫茶店に入った。客は老夫婦と若いカップルだけだった。感じのいい女性の店員さんが相変わらずいてくれたのがうれしい。二人は奥のテーブルに座り、

「ここもクマガイさんに連れてきてもらったの」

とキョウコは白状した。

「クマガイさん、侮《あなど》れないですね」

「そう。あの人はすごい人なのよ」

二人は顔を見合わせて笑った。

運ばれてきたブレンドコーヒーを飲みながら、キョウコはどういう話題にもっていったらいいかと悩んでいた。彼女がいいたくないことは聞かず、話を聞くだけでもいいかと思っていたが、コナツさんは積極的に話す人ではないので、沈黙が続いてしまう。キョウコとしては、コナツさんの体調が戻り、元気で過ごしてもらいたいのだが、あのベッドしかなく、換気もままならないと思われる部屋では、人としての生活ができないのではないかと心配なのだ。しかしそれで彼女がよいというのであれば、キョウコが口出しする問題ではない。さっきの話だと彼

女も辛いとはいっているけれど、金銭的な問題で引っ越しもできないともいっている。もちろんキョウコが新しい住まいを借りてあげられるわけでもないし、就職を斡旋《あっせん》できるわけもない。

「コンビニで毎回食事を調達するのも、結構、お金がかかるでしょう」

「計算したことないけど……。そうかもしれないな」

また沈黙が流れた。

「あたし、本当に適当人生なんですよ。貯金もないわけじゃないけど、ちょっとでも貯《た》まると外国に行ってたから。アジアばっかりだったたんで、物価も安いし。いつもお金はこの巾着《きんちゃく》に全部いれて、持ち歩いてて、今いくら手元にあるかなんて、数えたことないんです。中をのぞいて少なくなったなと思ったら、郵便局から下ろしてくるだけで」

「それで今までやってこれたんだから、すごいじゃない。お金を数えなくても暮らせるんだから。私なんか貯金を切り崩す生活だから、計算ばかりしているわ」

「へえ」

コナツさんは、そうなんだというような表情でキョウコを見た。

「ササガワさんはお勤めしていたんですよ……ね」

キョウコの表情をうかがいながら、はじめてコナツさんがプライベートに関する質問をしてきた。同じように彼女も、人のプライバシーに立ち入らないようにと考えているらしい。キョ

ウコは学校を卒業してから会社に勤め、そこがどういう会社だったかを詳しく説明し、

「生活できるはずの生活費を何度も計算して、その額が貯まったところでやめたのよ」

と答えた。

「へえ、もったいない。けど、わかるような気がする。私は絶対受からないけど、働いていたら同じようにやめちゃったかも」

「でもほとんどの人が、ちゃんと会社に勤め続けられるんだから、私には何か足りなかったのよ」

「お給料がいいと悩むんでしょうね。それを失うのが怖いっていうか」

「コナツさんは正社員として働いたことはないの？」

キョウコにとって精一杯突っ込んだ質問だったが、

「ないです」

と即座に返されて会話は途切れた。

「じゃあ、アルバイトでお金を貯めて、旅行をしてたのね」

彼女は黙ってうなずいた。キョウコより少し上の世代には、そういう人たちもたくさんいたが、そのほとんどは男性だった。コナツさんは、日本の会社という制度がどんなに鬱陶しくて面倒くさいか。会社に入ったとたんに自由がなくなり、自分らしい人生が歩めなくなるかを真

顔で話し続けた。

「そういう部分はあるわね。でも会社に入らなければ、わからなかったこともあったな」

「えっ、何ですか」

「うーん、理不尽でも我慢しなくちゃならない場合もあるってことかな」

「理不尽って何ですか」

キョウコは物事の正しい筋道とか、道理に合わないことだと説明した。彼女は顔をしかめている。

「でもそれが社会というか、世の中なのかなと。すべて正しいことだけじゃ、まわっていかないっていうのがわかったわ」

コナツさんは黙って、コーヒーを飲んでいたが、

「あたしも大きなことはいえないんです。ずるい人間なんで」

と視線をカップに落としながらいった。

「ずるい？」

コナツさんは、自分は三人きょうだいの末っ子で八歳違いの姉と五歳違いの兄がいると、ぽつりぽつりと話しはじめた。生まれた直後に両親が離婚し、自分が三歳のときに母親が再婚した。姉と兄は実父の顔を覚えているが、自分は写真でしか知らない。血が繋《つな》がっていない義父

は、どうやって子供と接していいかわからずに、いつも自分たちの様子をうかがっているようで、叱りもせず褒めもせずといった具合で、ただの同居人といった感じだった。

「姉も兄も私も、義父をきらってはいなかったですけれど、どうしていいのかわからなかったんだと思います。義父も急に三人の子持ちになって、わけがわからなかったんじゃないでしょうかね」

義父はとてもまじめな人で、姉も兄も大学に進学し、兄が留年した分の学費もちゃんと払ってくれた。自分は高校を卒業した後、進学する意思がなく、家を出てアルバイトをしようと考えていた。そして生活がどうなるかもわからないので、今まで甘えたこともない義父に、大学に進学しないかわりに、その分のお金が欲しいとねだった。

最初、進学しないと聞いた義父は反対した。実の父ではないので、子供たちに辛い思いや我慢をさせていると思われたくないといわれた。しかし自分の意思で進学したくないのだと説明すると、やっと折れて、一気に渡すと遣ってしまうからと、上京してからお小遣い方式で毎月、送金されてきたという。

「アルバイトだっていえなくて、旅行会社に勤めてるって嘘《うそ》ついて。海外から絵ハガキとか送ると、喜んでました。送金だけじゃ足りなくなって、『送って』ってねだると、『みんなには内緒だよ』って、三万とか五万とか、送ってくれるんです。父の日に手編みのマフラーを送ったら、電話でものすごい勢いで泣いてました。そうやって義父から少しずつお金を取っているんです。でも今でも両親は、私がちゃんと勤めていると思ってるんです」

お母さんもコナツさんを不憫《ふびん》に思っているようで、それを知っても黙認しているという。

「姉と兄に知られたら大変ですよ。二人とも実家を出て、結婚して子供もいますけど。甥《おい》や姪《めい》たちには、『コナツ叔母ちゃんみたいに、いつまでも独身でふらふらしてちゃいけないよ』っていってるらしいです」

コナツさんは苦笑した。

「高校のときの友だちも、若い頃は『うらやましい』なんていってたんですが、最近は『あんた、いい加減に何とかしなさいよ』っていうようになっちゃって。結婚して子供がいる子も多いし、三十三にもなればそうなりますよね」

そうか、コナツさんは三十三歳なのかと、キョウコはあらためて彼女の顔を見た。

「自分の人生なんだし、そこは好きなようにしたら？　でもお義父《とう》さん頼りっていうのは……」

「この間、実家に電話して、私がもらえるうちの資産って、どのくらいあるのって聞いたんです。そうしたら母が怒って教えてくれませんでした」

コナツさんは、えへへと悪びれずに無邪気に笑った。これが末っ子の特権というか、かわいさなのだろうか。キョウコは彼女のちゃっかりぶりが心配でもあり、憎めなくもあった。しかし自分も将来が不安な仲間のうちの一人なので、彼女にあれやこれやとアドバイスすることなどできない。ただ、へえ、そうなのと彼女の話を聞いていた。

夜九時すぎて、喫茶店を出た。老夫婦とカップルはまだ話し込んでいる。

「今日はひと月分の栄養補給しちゃったみたい」

コナツさんは路地をスキップしている。元気が出たようで、キョウコはうれしかった。

「そう、よかったわ。次はいつにする？」

そっとコナツさんの顔を見ると、

「うーん、十日に一回だとうれしいです。一週間に一度だと太りそう。それを楽しみにして、毎日カップ麺はやめにします」

といった。

「遠慮しないで、いつでも連絡してね」

アパートまで二人で並んで帰った。キョウコはコナツさんと少し距離が縮まったのはうれしかったが、それがいいのか悪いのか、今のところ判断はできなかった。ただ今夜聞いた話は、すぐに忘れたほうがよさそうだった。

「ありがとうございました」

コナツさんはキョウコの部屋の前で、頭を下げ、にっこり笑ってお腹《なか》をさすった。

「こちらこそ楽しかったわ。おやすみなさい」

再び彼女はにっこり笑って、頭を下げて部屋に戻っていった。またあの部屋に戻るのが、気の毒でもあった。

チユキさんもクマガイさんもいない、両側から音が聞こえない、しんとした部屋に入ったとたん、携帯が鳴った。

「はい」

「キョウコ？　今、病院なんだ。お母さんが救急車で運ばれた」

キョウコは耳に飛び込んできた兄の言葉を、もう一度頭の中で繰り返した。携帯を持った手が急に汗ばんできた。

キョウコは携帯を耳に当てて兄と話したまま財布をつかみ、アパートを飛び出した。ちょうど通りかかったタクシーを財布を持った手を振って止め、母が収容された病院を告げた。

「今、タクシーに乗ったところ。これから向かいます」

そういって電話を切ると、力が抜けてシートにどっと寄りかかった。キョウコの様子で大事らしいと悟った運転手は、

「急ぎますね」

とだけいって、車はスピードを上げて道路を疾走していった。キョウコは、とうとう来たかと思いつつ、母との関係を思い出しながら、複雑な気持ちになっていた。彼女とはうまくいっていなかったけれども、親であるのは間違いない。

（できるだけ深刻な状態にはならないで欲しい）

そう考えるのが精一杯だった。

考えていたよりもずっと早く、タクシーは病院の正面玄関ではなく、夜間通用口前に到着した。はじめての病院だったので、ここに駐《と》めてもらわなければ、入口がわからずあたふたしたかもしれない。

「よく、ここの病院にはお客さんを乗せてくるもので」

運転手さんはそういって料金を受け取ったあと、

「お大事に」

と声をかけてくれた。

「ありがとうございます」

キョウコは振り返りながら礼をいい、通用口の受付から兄に教えてもらったＩＣＵの病棟まで急いだ。

そこには兄夫婦がいた。

「ああ、キョウコ」

兄が声をかけ、兄夫婦が走り寄ってきた。

「具合はどうなの」

義姉《あね》の顔が暗くなり、兄が、

「意識がないから……。ここ二、三日が山らしい」

と小さな声でいった。

「特に変わったこともなかったんだけど、急にお風呂《ふろ》上がりに倒れてしまって。大きな音がしたから見に行ったら、脱衣所で倒れていたの。お風呂のお湯の温度には気をつけていたのに」

義姉は最後は涙声になっていた。

「カナコさんのせいじゃないわ。誰も予想がつかなかったことだもの」

キョウコは思わず義姉の背中をさすっていた。

「子供たちは留守番させている。もしも急変したら呼ぶつもりだけど」

キョウコは兄夫婦の後について、母が治療を受けている個室に歩いていった。中には入れないが、白っぽい色だけで覆われた部屋の中から、医師や看護師の気配とピーとか、ピッという機械音が断続的に聞こえてくる。その無機的な音が、母の命を維持している。

「キョウコさん、どうする？　私たちもまだ中には入れないのよ」

廊下にはベンチが設置してあり、ここにとどまることはできる。

「お兄さん、明日、会社は？」

「ああ、休みをもらったから。おれがいるからカナコもキョウコも今日は戻っていいよ」

「えっ、私も」

義姉が兄の顔を見た。

「うん、こっちは大丈夫だから、家に帰って休んでおいで。キョウコもこんな状況だから、とりあえずは帰ったほうがいい」

たしかに気にはなるけれど、自分は何もできない。ただぼーっとこの場にいるだけだ。それで母の体調が戻るのならばいくらでもいるけれど、その保証はない。

「二人とも今日は帰りなさい。何かあったら連絡するから」

兄は携帯でタクシーを呼び、彼の言葉にうながされて、キョウコは義姉と一緒に病院を出た。タクシーに乗ると義姉は、最初に病院から離れているキョウコの住んでいる場所をいい、その後に兄一家が住んでいる場所を運転手に告げた。キョウコに料金を払わせないようにする配慮をしてくれたのだ。

「大回りになりますけど、最初にそちらでいいんですね」

運転手は確認した後、うなずいて車を走らせた。

「すみません。お気遣いいいただいて」

キョウコは義姉に頭を下げた。

「いいんですよ。キョウコさんもびっくりしたでしょう。私も目の前であんなことになって、本当にびっくりしたわ」

「それはそうですよ。いろいろとありがとうございました」

キョウコが頭を下げると、義姉も黙って頭を下げた。

「それじゃ、何かあったら連絡しますね。おやすみなさい」

義姉はそういってタクシーの中から手を振った。キョウコはお辞儀をして遠ざかるタクシーを見送った。近所の家からテレビのバラエティ番組の音声と、笑い声が聞こえてきた。

部屋に入ってふうっと大きくため息をつき、ベッドの上に座った。親がこんなことになっても何もできない自分、そしていい歳になっているのに、タクシー代を心配される自分。キョウコは情けなくて涙が出てきた。

本書は書き下ろし小説です。

著者略歴

群ようこ（むれ・ようこ）
1954年東京都生まれ。1977年日本大学芸術学部卒業。本の雑誌社入社後、エッセイを書きはじめ、1984年『午前零時の玄米パン』でデビュー。その後作家として独立。著書に「れんげ荘物語」「パンとスープとネコ日和」シリーズ、『無印良女』『ひとりの女』『働く女』『かもめ食堂』『ヒガシくんのタタカイ』『ミサコ、三十八歳』『うちのご近所さん』『ゆるい生活』など多数。

Kadokawa Haruki Corporation

群 ようこ

ネコと昼寝《ひるね》　れんげ荘物語《そうものがたり》

*

2017年1月18日第一刷発行

発行者 角川春樹
発行所 株式会社 角川春樹事務所
〒102-0074 東京都千代田区九段南2-1-30 イタリア文化会館ビル
電話03-3263-5881（営業） 03-3263-5247（編集）
印刷・製本 中央精版印刷株式会社

ISBN978-4-7584-1299-5 C0093
http://www.kadokawaharuki.co.jp/

群ようこの本

ハルキ文庫

福も来た

パンとスープとネコ日和

こころと身体にとっても優しいお店、
ますます元気に営業中。

パンとスープとネコ日和

美味しいお昼ごはんと
真心のお店、開店《オープン》!

単行本

優しい言葉

パンとスープとネコ日和

サンドイッチとスープのお店を楽しく営む
アキコの家に、兄弟猫がやってきて——。